無法親近的千金
접근 불가 레이디
SOLITARY LADY
AUTHOR Kin
ILLUST
III
SOLITARY LADY
U0141144

目錄

Contents

無法親近的千金

CHAPTER 019

접근 불가 레이디

伊克西翁.貝勒傑特
復甦的記憶

第二天晚上，希莉絲再次來到王宮。

而第七十二扇拱門後方，依舊放著那面以紅布覆蓋的鏡子。

沙沙……

希莉絲伸手將布掀開，無瑕的光滑鏡面映照出她的身影。她在不久前發現了一些關於這面鏡子的線索。

由於獨自一人無法進入四季之森，她只好轉戰宅邸裡的書房。當然，書房的文獻並不像四季之森那樣豐富，規模也無法比較。

不過，其中也有從四季之森的文獻抄寫下來的部分。這是她開始和伊克西翁一起進出四季之森，接觸到伊諾亞登的書庫後才發現的。

總之，希莉絲試著在宅邸書房調查王死後出現的神祕物品。其實她早就讀過這裡的每一本書，但那是很久以前的事了，而且這次想找的是不同內容，所以花了比想像中更長的時間重新閱讀。

但結果並不意外，伊諾亞登宅邸裡的文獻幾乎沒有相關紀錄，拼湊不出全貌。不過希莉絲找到了一段資料，記述著王生前使用過的神奇鏡子，所以並不是完全沒有收穫。

雖然只是簡短的一句話……

藉由神聖之鏡，王得以任意在世上移動。不論何時何地，都將引領王前往心之所向、所需，及任何應去之處。

難怪那句簡短的句子吸引住希莉絲的目光。心之所向、所需，以及應去的地方……如果這面鏡子就是文獻中的神器，便能解釋為何昨天會將希莉絲引導至亞美利耶宅邸……

隨即，希莉絲抬起手，覆上眼前的鏡面。只聽「啪」一聲，就像昨天那樣，奪目的強光頃刻擴散，平滑的鏡面再現波紋。希莉絲這次也沒有抵抗鏡子拉扯身體的力量，就這樣被吸往未知之處。

眼前的光芒慢慢褪去，希莉絲最終抵達的地方，是一間晚霞透過窗戶撒入的臥室。與空無一人的亞美利耶收藏品倉庫不同，這次一抵達便感覺到灼人的目光。希莉絲下意識轉頭看去，隨即和臥房裡的人對上視線。瞬間，兩人都像四肢被釘住般停止了行動，交會的金黃與深藍目光凝固在空中。

「妳……」房間的主人率先開口，但彷彿語塞般說不出完整的話。

誤打誤撞之下，希莉絲抵達的房間偏偏是伊克西翁的臥室。不僅如此，在夕陽斜照中，伊克西翁正上衣半解立在鏡前。

他衣服才換到一半，穿衣鏡就突然發光，下一刻更從中走出了希莉絲。伊克西翁的衣服還半掛在身上，只能僵立在原地。

希莉絲直面對方裸露的上半身，也難得說不出一句話。賁起的肌肉分布得恰到好處，呈現出一具完美精實的男人軀體。

嘩嘩！下個瞬間，希莉絲不由自主召喚出異能——這是為了離開此處。

「等等……！」

察覺到這點的伊克西翁立刻行動。他靈巧地縱身向前，在飛舞的花瓣間成功抓住了希莉絲。

然而，躍入希莉絲異能漩渦的那一刻，與慶祝宴會上相同的感覺再次從頭到腳將他吞噬。

襲上鼻腔的甜蜜香氣，讓伊克西翁的腦袋有如被狠揍了一拳。在飛散的長髮和花瓣之間，他的目光與寶石般閃閃發光的金黃眼眸交會。之前經歷過的那種低劣衝動再度在體內粗暴翻騰，於是伊克西翁反射性抬起手臂掩住口鼻。

幸好自被伊克西翁抓住手臂的那刻起，希莉絲的異能就不再加強，反而漸漸減弱。

兩人陷入沉默，只有視線黏膩地糾纏在一起。伊克西翁大口呼吸，努力保持理智。再這樣下去，他應該會扣住希莉絲的手臂，將她扯進懷裡。

伊克西翁暗自放鬆掌上的力道。面對希莉絲，即使是如此簡單的動作，也必須付出超越想像的毅力和意志。

——叩叩！

「家主？」

這時，門外傳來敲響，緊隨其後的是施萊曼的聲音。

「發生了什麼事？從您房內突然飄出奇怪的氣息……咦？」接著，他好像意識到了什麼，語氣染上遲疑。「等一下，這個味道是……」

「別開門！」伊克西翁凶狠地命令道。

門外傳來細微的抽氣聲。在那之後……

「啊，是的。不打擾您了……！」多少有些輕浮的嗓音響起，隨後便是逐漸遠去的腳步聲。

等門外的動靜徹底消失，伊克西翁的心情也大致恢復平靜。他輕輕咬了咬牙，然後啟唇問希莉絲。

「妳怎麼會現在出現在我的臥房？」

「……」

「難道又是那面鏡子？」

希莉絲依舊一言不發，但不用聽到回答，伊克西翁也知道究竟是怎麼回事。畢竟他才看到希莉絲從發光的鏡子中走出來。

回顧那個畫面，伊克西翁便因為與剛才不同的原因，一股熱氣衝向腦袋。

「妳瘋了嗎？妳怎麼知道它這次會連接到什麼危險的地方，竟敢隨便使用那種奇怪的東西？」

抓住希莉絲手臂的手不禁又加重了力道。伊克西翁眼前的這個女人，總是莫名惹他生氣。其實，他也對為這種事生氣的自己感到莫名其妙。在此之前，伊克西翁從未這樣干涉過他人。

伊克西翁甚至對現在的自己也有點生氣。他早該想到希莉絲·伊諾亞登會做出這種事。昨天經歷了王宮那面鏡子引起的奇異現象後，以希莉絲的性格肯定想立刻再試一次。

昨天觸摸到由亞美利耶宅邸的畫幻化成的寶石時……如果不是那些閃過腦海的奇怪場面，伊克西翁也不會像這樣心神不寧，今天就不會讓希莉絲一個人到王宮，自己去碰那面鏡子了。思及此，伊克西翁便對魂不守舍的自己感到不滿。

「首先……」這時，希莉絲終於微啟緊閉的雙唇。「希望你先把衣服穿好。」

伊克西翁這才低頭看了看自己。他剛把衣服套上手臂，接著就急著去攔希莉絲，所以上身依然赤裸裸地袒露在她面前。伊克西翁也覺得繼續衣衫不整地面對希莉絲有點過分，但他必須先得到希莉絲的承諾。

「如果妳能答應我不逃去別的地方，乖乖待在這裡，我就放開妳。」

「知道了。」

這次是希莉絲回答得最快的一次。即便如此，伊克西翁還是無法輕易相信她。

「看著我的眼睛回答。」

「……我知道了。」

在伊克西翁的要求下，視線往旁撇開的希莉絲總算看向他的雙眼，再次說道。

伊克西翁這才鬆開希莉絲的手臂，往後退去。而希莉絲也把頭轉向一邊，並後退一步，與伊克西翁拉開距離。

伊克西翁先按照希莉絲的要求穿上衣服。著裝期間，他敏銳的目光一次也沒有從希莉絲身上移開。

雖然她確實看著他的雙眼保證不會走，但是實在無法讓人信任。回顧希莉絲在他面前做過的行動，伊克西翁會這麼想也無可厚非。

「好了，現在該來聽一聽來龍去脈了。這到底是怎麼回事？」

直到裸露的肌膚被衣服遮好，希莉絲才看向伊克西翁。雖然鈕釦沒有完全扣上，不過已經比剛才好了許多。

希莉絲只好開口道：「沒有什麼特別的來龍去脈。」

「因為就像我說的那樣？」

「……沒錯。」一面對伊克西翁直接了當的反問，希莉絲不得不承認道。

「繼亞美利耶宅邸之後，這次是我的臥室……」

伊克西翁實在難以理解，希莉絲也深有同感。

「無法推論出規律究竟是什麼。」

為什麼鏡子通往的地方偏偏是伊克西翁的臥室？

「也不知道那面鏡子的作用。」

更何況時機還這麼無謂地巧妙，或許她該慶幸伊克西翁只脫了上衣。

希莉絲第一次對使用那面鏡子產生了戒心。不過既然來到了這裡，就該向伊克西翁確認。

「請問在貝勒傑特宅邸，有沒有類似昨天在亞美利耶宅見到的那種物品？」

聞言，伊克西翁沉默地看著希莉絲。在晚霞斜映的房間裡，毫不動搖的目光停留在她的臉上。

「……那面鏡子說不定能派上用場。」伊克西翁終於張開緊抿成一直線的唇，「昨天我想說的就是這個。如果妳願意，我們一起去看看吧。」

接著他伸出了手，希莉絲垂眸看著他的手詢問。

「你想要一起移動？」

「我知道妳不需要人護送。」

也就是說，這是為了利用異能瞬間移動而伸出的手。

希莉絲毫不留情地回答：「恕我拒絕。」

「這樣好嗎？」這次換伊克西翁歪著頭問，「外面應該有不少人。」

「如果我被目擊到從這個房間離開，你會很為難嗎？」

「我是無所謂……」

「那就行了。」

希莉絲還是選擇走過去，而不是和伊克西翁一起以異能移動。昨天被伊克西翁的異能緊緊包覆全身的感覺還清晰地留在記憶中，現在她不太想重溫一遍。

幸好伊克西翁似乎沒注意到希莉絲的動搖。

「那麼，我們走吧。」

希莉絲拒絕後，伊克西翁沒有繼續勸她，而是先行走到房門前。希莉絲隨即跟上，兩人就這樣離開了伊克西翁的臥室，來到走廊。

「人比我想像的還要多呢。」

離開房間沒多久，希莉絲就意識到自己的想法錯了。她還以為，不管伊克西翁要帶她去宅邸的哪裡，頂多只會遇見幾個人而已。

然而一路上從各處投來的強烈視線，讓希莉絲的臉頰灼熱起來，總覺得好像遇到了所有在貝勒傑特宅工作的人。

見到走在一起的希莉絲及伊克西翁，每個路過的人都會驚訝地抽氣。雖然在對上兩人的視線後都會立刻斂下目光，但還是掩飾不住驚訝之情。

「現在正好是傭人用餐結束後，回到工作崗位的時間。」儘管同樣遭受目光洗禮，伊克西翁依舊顯得泰然自若，並如此回答。

如果是這樣，為什麼不早說？不過，希莉絲也不會因此選擇與伊克西翁一起以異能移動就是了。

「家主！」

就在這時，一個伊克西翁不太想在此刻見到的人呼喚著他走了過來。那是剛才敲了伊克西翁臥室門的施萊曼。

或許是由於解除了束縛，他感知異能的能力比以前更靈敏。因此，當希莉絲來到宅邸的時候，他才會最先發現異常，跑到了伊克西翁的房門前。

「不要沒事裝熟，走開。」伊克西翁用低沉的聲音警告道。

施萊曼裝作沒聽到，露出溫順到令人雞皮疙瘩掉滿地的表情，微笑著向希莉絲致意。

「您好，我們之前有見過面吧？」

聞言，伊克西翁問道：「你們見過？什麼時候？」

「在慶祝宴會上，她問我家主在哪裡，所以我就告訴她了。」

聽到他這麼說，伊克西翁轉頭望向希莉絲。

「是這樣嗎？妳看過施萊曼跟在我身邊？」

「您也知道我的名字，對吧？」施萊曼露出燦爛的笑容，看著希莉絲。

伊克西翁皺起眉頭，看著施萊曼打從一照面就擺出的反常神態，心想這傢伙是不是吃錯了藥。但站在施萊曼的角度，他只是深謀遠慮而已。

對於未來也許會和伊克西翁結下良緣，進而成為貝勒傑特家新一代當權者的希莉絲，施萊曼認為在她面前提前好好表現，絕對不是壞事。

面對雙雙看著自己的伊克西翁和施萊曼，希莉絲移開視線，簡短回道。

「我只是偶然看過你們一起出現。」

——她在說謊。伊克西翁的神情微動，雖然難以解釋，但他能區分希莉絲有沒有在對自己說謊。

「以防萬一，你還是去讓大家管好自己的嘴。」

「哎呀，哪裡還有像貝勒傑特口風這麼緊的地方啊？」

「對於貝勒傑特以外的人或許是如此。」

「喔喔！」施萊曼這才聽懂伊克西翁是要他防止消息傳進貝勒傑特長老們耳中，他低下頭說道，「這方面確實是我的專長。那麼，希望兩位度過愉快的時光。」

語畢，施萊曼便微笑著退下。

「我們走吧。」

伊克西翁再次領著希莉絲前進，來到了貝勒傑特家的金庫。

金庫上了幾重鎖，其中還有以異能封住的鎖，一眼就能看出這裡是貝勒傑特家的重地。然而，伊克西翁卻若無其事地開放給身為外人的希莉絲。

但伊克西翁想怎麼做其實都與希莉絲無關，她心如止水地隨著他踏進金庫。

「在那裡。」

一進門，希莉絲就看見那樣顯眼的物品。

其中一面牆上掛著一把以金穗裝飾的長矛。雖然明顯已經長年沒有使用，仍然流瀉著銳利的氣息。

「妳應該也聽過，幾代前在貝勒傑特家管轄的東部發現，然後保管在這邊的王之遺物……」

她當然聽說過。不過直到此刻親眼看到，她才知道這支長矛含有異能……

「但是昨晚我回來後有試著觸碰，它一點反應也沒有。」

說到這裡，伊克西翁看向希莉絲。像是在問，是否要像亞美利耶家那幅畫一樣摸摸看。當然，希莉絲正有此打算。

「其實，我還是不喜歡妳蹚入這種事，不過……」伊克西翁沉聲道，「就算我阻止，妳也不會放棄，那還不如在我眼前確認。」

反正他一向阻止不了希莉絲想做的事，倒不如陪在她身邊，要是真的出現危險還能及時援手。而且昨天自己觸碰那件遺物的時候，什麼事都沒有發生，現在或許也會是同樣的結果。

希莉絲來到牆上的長矛前，毫不猶豫地伸出手。

嗶嗶！

瞬間的異變讓伊克西翁吃了一驚。明明自己觸碰時毫無反應，此刻卻出現與亞美利耶宅邸那時相同的現象。

喀啦啦……長矛迸射強光的同時，矛鋒也開始出現細小裂痕，接著一路向下，就連矛桿也崩裂成碎片。

看到那些碎片再次凝結成一顆寶石，希莉絲伸出了手。不知何時來到希莉絲身旁的伊克西翁也同時伸手。這次，兩人一起觸碰了散發金黃光芒的寶石。

只聽啪一聲驟響，某個畫面在希莉絲腦中閃現。

剛才還掛在貝勒傑特金庫牆上的長矛，正握在某個女人手裡。在飛揚的紅色髮絲間，能見到一張滿是淚痕的蒼白臉龐。然而在那張臉上，有著一雙炯炯燃燒的眼睛，那是希莉絲看不懂的強烈情感。

不僅如此，希莉絲的視野也有些奇怪，就像是躺在地上望著那女人一樣。

下一刻，女人咬住嘴唇，用手中的長矛刺穿了希莉絲的身體。

啪！又是一聲驟響，希莉絲踉蹌了一下，寶石從手中墜落。身旁的伊克西翁一把扶住她，同時接住了寶石。

上次伊克西翁看到的景象也像這樣嗎？希莉絲恍惚地想著，可能是因為剛剛看到的幻影，她有些頭暈目眩。

「希莉絲．伊諾亞登。」

此時，耳邊傳來低沉的嗓音。瞬間，一股奇妙的感覺竄上希莉絲的背脊。這不是伊克西翁第一次呼喚她的名字，感覺卻多了些什麼。

希莉絲抬起頭，然後她看到了。伊克西翁那對深邃藍眸中，正翻騰著各式無法形容的情感……

希莉絲不由自主向後退，但腰後不知何時出現的手臂卻阻止了她的動作。眼前搖曳著藍焰的灼灼目光，像是要烙下印記般貫穿希莉絲。

「果然，是妳。」

深沉的低語劃過耳膜，帶著從內心翻湧而上的濃烈情感。

希莉絲見過這樣的伊克西翁．貝勒傑特。被激情吞噬而徹底失控，他的這種扭曲神情對她而言並不陌生。此時此刻的伊克西翁，很像她的第七世，或者之前的第六世……還是在更早的第五世遇見的伊克西翁．貝勒傑特。在意識到這一點的瞬間，希莉絲臉上的溫度消失了。

「我遺忘的記憶。」

伊克西翁看著眼前的女人，前所未有的洶湧情感滔天而來。

「我失去的……」

終於找到了。

「還有我必須尋找的，這一切……」

這些年來他一直悵然若失，不知道自己究竟弄丟了什麼，直到這一刻，「終於找到了」的想法最先貫穿了胸口。

「全是妳。」

連自己都感到驚訝的焦躁擾亂了他的心。

「不許想起來。」希莉絲猛地抓住伊克西翁的手臂，「不管那是什麼，都不准你想起來。」

她的低語如尖銳的荊棘刺向伊克西翁，那雙金黃眼眸染上了他從未見過的情感。看到這樣的她，伊克西翁笑了。

「已經太晚了。」

「妳害怕的那些，還有讓妳變得脆弱的事物……」

他已經找到了。

「如果妳允許，我可以全部……」

不知屬於是過去還是未來，他在那段失去的時間裡所遺留的記憶。

「我可以全部從這世上徹底抹去。哪怕只是偶然，也不會再讓妳見到任何一次。」

以及有如指縫間流逝的水，總是徒勞地一再錯過的人。

「所以妳能對我笑一笑嗎？」

那些破碎的記憶散失於渾沌深淵，而他剛找回的這一小片深深扎進心中。

「求妳。」

此時此刻，就連這份撕心裂肺的疼痛，也令人甘之如飴。

無法親近的千金

SIDE.

過去的碎片Ⅵ

접근 불가 레이디

那天，希莉絲被一個陌生男人抱在懷裡，逃出了狄雅各臥室的密室。那是她被困在這裡四天之後的事。

「伊克西翁……貝勒傑特……！」

狄雅各也在臥室裡，不過他正被一名年輕男子壓在地上。

「馬上放下我的女兒！」

狄雅各的雙眼充滿血絲，瘋狂掙扎著，彷彿如果辦得到就要立刻撕碎眼前之人。

「希莉絲，妳怎麼那麼蠢……！馬上甩開那傢伙，過來這裡！」

希莉絲呆呆地低頭看著狄雅各，他大吼大叫的聲音聽起來十分遙遠。眼前暴跳如雷的狄雅各就像默劇演員，那些撕心裂肺的怒吼一句都沒有傳入她耳中。

「你對自己的親生骨肉做出這種慘不忍睹的事，竟然還有臉大聲嚷嚷。」

抱著希莉絲的男人冷冷地說道。

他側過身，不想再看狄雅各瞪著希莉絲的猙獰醜態。這樣的動作似乎也同時將狄雅各隔絕在希莉絲的視野之外。

「施萊曼，讓他安靜點。」

「是，家主。」

男子朝壓制狄雅各的人簡短下令後，逕自邁開腳步。下一刻，他背後便傳來狠狠擊打某物的聲音。

「父親！」

此時，門外有人衝了過來。只見想進入臥室的里嘉圖立刻就被人擋在了外頭。

「怎麼可以……被稱為四大家族之首的貝勒傑特，怎麼能做出這種流氓行徑！」

面對侵門踏戶的闖入者，憤怒和屈辱令里嘉圖渾身顫抖。

「這裡是伊諾亞登家！不管出了什麼狀況，貝勒傑特都沒有權利……」

「不要再考驗我的耐心了，里嘉圖．伊諾亞登。」

那瞬間，殺氣騰騰到令人毛骨悚然的嗓音穿破了里嘉圖的耳膜。

「雖然不意外，但我可是親眼確認了，你這張狗嘴至今在我面前吐出的全是假話。」

「……」

「本該為此付出代價的你，卻還好端端地站在這裡。」

當男人用冰冷的嗓音說出這些話時，里嘉圖連一句都無法反駁，臉色蒼白地僵在原地。

「光憑這一點，我已經盡了身為貝勒傑特的道義。」

抱著希莉絲的男子直接越過里嘉圖踏上走廊。

「希莉絲……你要把她帶去哪裡？」

里嘉圖的氣勢比剛才減弱許多，不過男人並沒有回答。才走沒多遠，樓梯前焦慮踱步的加百列便映入眼簾。

「希、希莉絲姐姐……」

看到許久未見的希莉絲當下的模樣，加百列震驚地捂住嘴。她下意識退了幾步，看到冷冷俯視自己的暗藍眼眸，立刻倒抽一口氣。

「大門也太遠了。」

自語的聲音低低響起，下一秒，陌生之物圍繞住希莉絲。她反射性地抽氣，身體也僵硬起來。

「沒事。」感覺到懷中人的變化，像是要讓她安下心，與剛才同樣沉靜的嗓音再度響起。「不是危險的東西，不會弄痛妳。」

低哄的聲音溫柔得令人心驚。舉目所及全是閃爍的黑色碎光，彷彿灰燼中的點點火花，瞬間吸引住希莉絲的視線。宅邸內部的景象在視野中逐漸模糊，她恍然意識到他們正離開這裡前往某個地方。

一種難以描述的怪異心情襲來，眼前發生的一切彷彿一場夢。自己居然就這樣一步步遠離狄雅各、里嘉圖與加百列，被一名陌生男子帶出了伊諾亞登。

她的身體沉重無比，精神也同樣恍惚，在這樣的半夢半醒之間，只有滲入身上的暖意鮮明而清晰。這是時隔許久才感受到的他人體溫。

幾天前被狄雅各抱進密室時，希莉絲並沒有這種安穩的感受，然而此時此刻，身分尚且不明的這個男人的懷抱……竟比血脈相通的家人更加舒適、溫暖。

原先止住的淚水再次順著臉頰流下。在晶瑩閃爍的黑色光點之間，希莉絲無聲哭泣著。熟悉的伊諾亞登宅邸彷彿被雨水淹沒，在眼前越來越模糊。直到這幅景象完全消失前，希莉絲都不曾閉上雙眼。

希莉絲就這樣離開了伊諾亞登家，接受了貝勒傑特家族的保護。那天，她在黑色碎光中失去了意識，再次睜眼時，已經躺在貝勒傑特宅邸的客房。

一位應該是傭人的陌生人走過來，告訴希莉絲她昏睡了三天。在那裡見到的所有人都對希莉絲非常親切、恭敬，就像在對待一只有了裂痕的瓷器，舉手投足都小心翼翼。

後來希莉絲才知道，從自己重生並被拘禁在伊諾亞登宅邸的那天起，已經過了一年的時間。

一年……聽起來似乎很長，卻也比想像中還要短暫。

把希莉絲帶到這裡的男子名叫伊克西翁·貝勒傑特。那是希莉絲也知道的鼎鼎大名。

她記得很久之前，在自己還小的時候，曾參加過慶賀他當上家主的宴會。

伊克西翁·貝勒傑特來探望過希莉絲幾次，觀察她的恢復狀況，並確認她有沒有任何不便之處。他告訴希莉絲先以恢復健康為重，如果有什麼好奇的事，以後都會告訴她。

伊克西翁似乎非常忙碌，每次來探望，都只在房間待上片刻便離開。

多虧這些人對希莉絲特別照顧，她在貝勒傑特家的生活並未感到任何不便。然而，希莉絲依舊沒能擺脫伊諾亞登。

她經常在夜裡做噩夢而輾轉難眠。即便有人在她身邊對她說話，希莉絲也常常聽不見。因為她獨處的時間太長了，才意識不到那是對自己說的話。

只要聽到稍微大一點的聲響，就會讓希莉絲嚇得瑟瑟發抖，門外傳來的腳步聲，也會讓她全身僵硬。害怕狄雅各會打開房門衝進來，掐住她的脖頸，再次把她關進那個充滿血腥味的房間。

當時的希莉絲不分晝夜，總是被那種幻想折磨著。

因為希莉絲已經很長一段時間沒有好好攝取食物，只要她吃下東西，胃就會產生排斥，常常立刻就吐出來。再加上之前狄雅各急著把她移進密室而撞傷的腿也需要治療，於是時常有醫生來查看希莉絲的情況，並進行必要的治療。每當這個時候，醫生看到身體和精神都受到重創的希莉絲，總是瞠目結舌。

她身上植入的異物也全部清除掉了。不過，她體內還殘留著已經被吸收的卡利基亞之血，偶爾會感到極度痛苦。

雖然希莉絲不知道，不過伊克西翁在她昏睡時經常來看她，還命令傭人們更加仔細地照顧。

過了一段時間，原先浮現黑色血管的怪異手臂慢慢恢復了原來的樣貌。希莉絲偶爾會在獨自一人的時候解開繃帶搔癢。而有的時候，她會覺得身體裡好像還有異物殘留，將手指戳進傷口努力挖掘，像是非得從身體裡挖出什麼不可。因此，傷口不管過了多久也看不到癒合的跡象。

那天，希莉絲同樣呆呆地望著窗外。

「希莉絲．伊諾亞登。」

突然感覺到抓住手腕的溫度，希莉絲回過神來。她抬起模糊的雙眼，不知何時來到身旁的男子便映入眼簾。那正是時隔兩天又再次見到的伊克西翁．貝勒傑特。

「不要再挖了。」伊克西翁直視著希莉絲的雙眼低聲說道。

起初，希莉絲不懂對方在說什麼。當握在她手腕上的大掌輕輕施力，希莉絲才意識到自己在做什麼。她低頭一看，發現被面已經被順著手臂流下的鮮血浸濕。在自己沒有察覺的時候解開的繃帶，也不知不覺掉落在床邊。

希莉絲嚇得把手從手臂上移開。

「對……」她的指尖也因為被血浸濕，染上了一片腥紅。「對、對不起……」

希莉絲好不容易從喉間擠出微弱的聲音，結結巴巴地道歉。像這樣與他人面對面交談，不知不覺間已成為非常陌生的事。

「妳為何要道歉？」

男人低沉的嗓音在頭頂上方響起，希莉絲的唇動了動。她猶豫許久，不知道該說什麼的模樣或許會讓人不耐煩，伊克西翁卻一次也沒有出聲催促，只是靜靜地等待。

「因為我……弄髒了棉被……」

聽見希莉絲好不容易說出的話，伊克西翁只是說：「妳不用為了這件事道歉。」

對方堅定的語氣，讓希莉絲不由自主抬起頭。不過在四目相交的瞬間，她又嚇得再次低下頭。

「這也不算什麼錯事，就算妳在這裡弄髒了幾十床被子，也沒有人會說什麼。」

伊克西翁用眼神示意，站在門邊的傭人立刻送上藥品和濕毛巾。替再次裂開的傷口止血後，希莉絲兩手沾染的血跡也被擦乾淨了。

「必須叫醫生過來一趟。」

希莉絲下意識想道歉，最後還是閉上了嘴。她每次準備開口，都會想起那些面露厭煩的人。當然，現在站在自己眼前的男人從未如此，但不知道什麼時候也會變得像他們一樣。

「希莉絲．伊諾亞登。」

此時，伊克西翁再次喊了她的名字。希莉絲的肩膀瞬間一顫。

「包括現在這件事在內，妳沒有做出任何需要道歉的事。」

見狀，伊克西翁似乎在細選用詞，略為緩慢地解釋。

「我只是希望妳不要在癒合之前，總是像這樣去觸碰傷口。」

「……」

「不，我不是要怪妳……」

似乎是不知道該說些什麼，又該怎麼把話說出口，伊克西翁略顯尷尬地張嘴又閉上，那副模樣可說是前所未見。

「當然，我可以理解妳這麼做的原因，也知道這不是那麼容易解決的事。」

聽到這裡，希莉絲終於再次抬起頭。

「而且，那麼做妳也會痛啊！」

伊克西翁的表情有些愕然。從微微瞇起的雙眼來看，他似乎對不經思考就脫口而出話感到自我懷疑。

「沒事。」

希莉絲突然想起在離開伊諾亞登宅邸那天聽到的低語。

「不是危險的東西，不會弄痛妳。」

那是彷彿要安撫落入陷阱的野獸般，非常安靜、溫柔的聲音。就像此時迴盪在她耳邊的聲音一樣。

希莉絲這次沒有立刻避開伊克西翁的視線，對視的時間稍微拉長了一點。當然，之後率先避開視線的還是希莉絲。

等醫生再次來到貝勒傑特宅邸時，伊克西翁沒有馬上離開，在希莉絲接受治療期間，一直守在她身邊。

伊克西翁的存在讓希莉絲不自在。只要想起抱著自己離開伊諾亞登家的那雙手，想起那份不合時宜的溫暖與善意，總是讓希莉絲的心說不出的窒悶。

治療結束後，希莉絲再次沉進自己的世界，只是愣愣地望著窗外。

伊克西翁不知該如何是好，他還是第一次見到像她這樣的人，如此脆弱易碎，彷彿指尖擦過就會瞬間粉碎。

伊克西翁本來以為希莉絲會問伊諾亞登家的事，然而她卻從未在他面前主動開口。沒有問她被伊諾亞登家囚禁的事是如何被外界得知，以及為何是由貝勒傑特的人將她救出。似乎也完全不好奇為什麼貝勒傑特家要庇護她，讓她住在宅邸中並提供照顧。

希莉絲只是如同一粒微不足道的灰塵，無聲無息地停留在世上，彷彿隨時會在他眼前徹底消失。奇怪的是，他看著她的時候，總是會感受到這股不安。

伊克西翁站在臥室門口靜靜看著希莉絲，而她似乎已經忘了他的存在。希莉絲的身心狀況看起來還是很不穩定。伊克西翁只能吞下原本要對她說的話，無聲地轉身離開。

於是，等希莉絲與維奧麗塔．卡利基亞再次見面，又是一段時間後的事了。

「我可以進去嗎？」

幾天後，一位客人前來拜訪希莉絲。奇怪的是，當時從門外傳來的聲音並未被希莉絲忽略，而是鮮明地撞入她的耳中。

希莉絲下意識轉過頭，只見一名女子站在不知何時開啟的房門外。同時，女子身旁的伊克西翁．貝勒傑特也映入眼簾。

女子一頭淺淡的白金長髮，戴著一頂罩著黑面紗的帽子。希莉絲只能看到女子的半張臉，所以認不出對方是誰。

希莉絲靜靜地一言不發，女人以為她默許了，便走進敞開的房門。看到女子拄著拐杖，希莉絲原以為她不良於行，直到對方靠近才改變了想法。

「妳好，我是維奧麗塔．卡利基亞。」

女子半覆面的薄紗輕透，在近處不難看清下方的面容。

「今天來訪，是因為想見妳一面。」女子向希莉絲介紹自己後，唇角露出淡淡的微笑。「雖然不是用這兩隻眼睛看。」

事實正如她所說。

一道疤痕橫越女子閉合的眼簾，在面紗遮掩下依然清晰可見。雖然不知道是怎麼受的傷，不過連額頭和鼻梁上也有形似抓傷的疤痕。

如果對方想要，應該可以用更厚的面紗遮住傷疤，但她似乎是故意展露那些怵目驚心的傷疤。也許這是為了緩解希莉絲的戒心。

不管對方的意圖為何，希莉絲都沒有說出拒絕的話。傭人在床邊放下椅子，女子便坐了下來。伊克西翁看上去不打算參與對話，默默站在幾步之遙的地方。

「我們……雖然只是偶爾，但也有在四大家族的聚會或茶會之類的場合上見過面。」

聞言，希莉絲才想起女子自我介紹時說的名字——維奧麗塔．卡利基亞。

沒錯，她是這麼說的。和伊克西翁．貝勒傑特一樣，維奧麗塔．卡利基亞也是希莉絲認識的人。而且比起伊克西翁．貝勒傑特，她見過維奧麗塔．卡利基亞的次數更多。

當然，那也只是在狄雅各難得允許她參加的場合，偶然擦身而過時短暫的招呼而已。不過……她怎麼會……

「不知道妳是否還記得一年前，我們最後一次見面的日子。」

聞言，希莉絲靜靜放在被面上的手一顫。一旁的伊克西翁沒有錯過那個小小的動靜。

「當時伊諾亞登小姐突然跳到我乘坐的馬車前，讓我嚇了一跳。」

維奧麗塔的嗓音彷彿追溯著過去的痕跡，喚醒了深埋在希莉絲心底的記憶。

「當時妳還……從沒想過我們會以這種方式重逢。」

一年前，希莉絲為了逃離狄雅各，慌不擇路地衝上大道的那一天。沒錯，當時有個年輕女子從差點撞到她的馬車上走下來。

「那天，失去意識被伊諾亞登家主帶走的妳，有好一陣子令我難以忘懷。」

維奧麗塔．卡利基亞正在告訴希莉絲，當時她見到的人就是自己。

「現在也是……」維奧麗塔頓了頓，輕咬一下唇。「我依然忘不了妳當時的模樣。」

她放在膝上的手用力握緊，力氣大到輕顫起來。

「妳是那麼迫切地向我請求幫助……」

希莉絲有些茫然地聽著維奧麗塔的話。

「我……當時都不知道。」

有人還記得一年前的事，還是與自己有關的事，這讓希莉絲感到奇怪。更何況，那不過是一次短暫的偶遇。

希莉絲有種難以形容的隔閡感，彷彿眼前這名女子提到的人並不是自己。她茫然地看著雙手交握、如禱告般坐在床邊的維奧麗塔。不過，下一刻……

「其實，請貝勒傑特家出手的人是我。」

希莉絲的眼中燃起非常微弱的光芒。

「我說，一切的責任都會由卡利基亞家承擔……」

希莉絲無法馬上理解自己聽到的話是什麼意思。

「所以請他們救妳出來。」

然而，當維奧麗塔這句話烙在心上的瞬間，某種火熱的溫度從希莉絲心中湧出。希莉絲微微啟唇，但輕顫的蒼白雙唇間卻沒有發出任何聲音。她想起來了。

「救我。」

此時，就像聽見了希莉絲沒能說出口的心聲，維奧麗塔瞪大了那雙深綠眼眸。

「等一下，伊諾亞登家主……！」

希莉絲也想起了，在那天失去意識前，女子試圖阻止狄雅各的急迫嗓音。

維奧麗塔摸索著伸手向前，覆住了希莉絲的手背。不知道是誰的顫抖從兩人的交握處傳來。

維奧麗塔就這樣緊緊握著希莉絲瘦削到青筋浮現的手，吐出如尖刺般長久扎在她心中的贖罪之言。

「對不起，我來得太晚了。」

希莉絲的胸膛劇烈地起伏，不知該如何描述此刻充盈內心的這份情感。

一年前，只是一瞬間的擦肩而過。眼前的女子完全可以把這件事拋到腦後。即便感到奇怪而耿耿於懷至今，也完全可以袖手旁觀。

然而，她不僅沒有這麼做，還幫助希莉絲脫離狄雅各的掌控，甚至因為太晚動手而向她道歉……為了維奧麗塔根本沒有任何責任的事道歉。

從維奧麗塔身上感受到的罪惡感和歉意竟是如此深重而真切。希莉絲頓時眼眶一熱，下意識用力咬牙。

活著的時候……她曾經從誰身上得到如此純粹的善意幫助嗎？在她活著的時候，又有誰向她道過歉嗎？在反覆重啟的殘酷人生中，那些無數次讓她流淚的人之中，沒有任何一個……曾經真心對她感到抱歉。

就像心臟被緊緊抓住，希莉絲的胸口頓時一陣窒息，呼吸急促起來。

該對眼前這名女子說什麼好呢？希莉絲想告訴維奧麗塔：「不對，不是那樣的。妳不用覺得抱歉……還有，謝謝妳沒有忘記我，把我從那裡救出來……」

她本來打算這麼說，但是從喉中發出的，只有難以聽清的嘶啞聲響。

滴答、滴答……

自從離開伊諾亞登家之後便乾涸的淚水，此刻就如在乾旱已久的土地降下的甘霖，一滴一滴浸濕被褥。

伊克西翁僵硬地望著那樣的希莉絲。感受到撲面而來的聲音和情感的維奧麗塔，也不禁落下淚來。

「我……是……」良久後，同時也是今天的第一次，希莉絲開了口。「我……」

但是從她顫抖的雙唇間，只溢出了那些剪不斷理還亂的陳舊情感。

希莉絲也知道，自己確實過著愚蠢的人生。儘管如此，她也別無他法。

從出生到現在，希莉絲唯一盼望的就是來自家人的愛。希莉絲只知道這樣的世界，只要再努力一點就能觸及，哪怕只有一點點……

「我……我……」

因此，希莉絲只顧著愚蠢地追逐那道幻影，不知道在前方等待的並非美麗的花園，而是熾熱的熔岩，最後一腳踏入其中，將自己燒成灰燼。

「我……做錯……了嗎……？」

誰來回答都好，希莉絲一直想這麼大聲問出口。相信自己愛的人，難道是什麼天大的錯誤嗎？

「因為我……太愚蠢……」

她相信那些人總有一天會牽起她的手，對她說：「對不起，其實我們也很珍惜妳。以後不會再讓妳哭泣……」這難道是什麼無可饒恕的錯誤嗎？

「所、所以……我才會這樣……」

家人就是她的全世界。如果不這麼相信，希莉絲不知道自己應該怎麼活下去。

「這樣……」

然而，堵在心中的疑問只將希莉絲刺得千瘡百孔，真正湧出雙唇的僅剩令人心碎的悲鳴。

維奧麗塔看著這樣的希莉絲，內心被攪成一團亂麻。面對不斷詢問著是不是因為自己太笨，還是自己做錯了什麼才會經歷這些的希莉絲，究竟該說些什麼才好？

「不是的……不是這樣的，伊諾亞登小姐。」比先前更加無措的維奧麗塔，更用力地握緊希莉絲的手。「妳沒有做錯任何事。」

此時的希莉絲還不知道，維奧麗塔對她的這些情感代表了什麼。也不知道站在一旁的伊克西翁，正用深暗的目光看著她們。

她只是全心全意地哭泣，在離開伊諾亞登家後，第一次宣洩在心底鬱積至今的淚水。

直到她流光所有壓抑的淚水為止，伊克西翁和維奧麗塔只是靜靜守在她身邊，一句話都說不出口。

那天，維奧麗塔沒能告訴希莉絲她本來想說的話，最後只能打道回府。在這之後，她又來拜訪希莉絲兩、三次，但每次都只是面色沉重地離開貝勒傑特家。

相反地，與維奧麗塔見面給予了希莉絲慰藉。與之前相比，希莉絲的情緒逐漸穩定下來。見此，維奧麗塔似乎更難開口了。

「最近你忙著照顧的就是那孩子嗎？」聽到消息而上門的芝諾，望著窗外問道。

伊克西翁順著她的視線看過去。希莉絲．伊諾亞登正待在室外，不知是要做什麼。

「事態相當複雜呢。我聽說了她的事，真是個可憐的孩子……」

芝諾吐出藥草菸的煙霧，嘖了一聲。她也聽說了最近鬧得沸沸揚揚的事。

「不過，當初不是說好由卡利基亞庇護那孩子嗎？」

伊克西翁的視線停留在遠處隨風飄盪的鮮紅長髮上。希莉絲．伊諾亞登坐在貝勒傑特家為她準備的輪椅上。

她會像這樣踏出房門，也許是接受了維奧麗塔的勸說。不過，面對其他人似乎還是讓她相當恐懼。現在希莉絲身處的地方是杳無人煙的後院。

「我知道你負責的部分是將她救出伊諾亞登。」

靜靜聽著芝諾說話的伊克西翁，終於緩緩啟唇。

「一開始，我也是那麼打算……」他沒有把話說完，再次沉默下來。

伊克西翁原本只受託救出疑似被監禁在伊諾亞登宅邸的希莉絲，在這之後的一切都由卡利基亞家負責。然而當他找到被監禁的希莉絲・伊諾亞登，看到那副悽慘樣貌，抱起幾乎感覺不到生氣和重量的軀體後，也不知道為什麼就把她帶回了貝勒傑特宅邸。

在那之後，他眼中的希莉絲・伊諾亞登只比想像中更脆弱、更命懸一線。雖然卡利基亞家表示要負責照料，但伊克西翁認為變換環境可能不利於她的狀況。因此在不久前，他乾脆轉達了貝勒傑特家將負責照顧希莉絲的意願。

「總之既然把人帶回來了，就好好照顧她吧。年紀還這麼小的孩子，處境居然如此令人心疼。」

就這樣，在芝諾離開後，伊克西翁前往希莉絲所在的後院。

可憐又令人心疼……難道就像芝諾說的，他是在同情希莉絲・伊諾亞登？所以才會像這樣把她帶回貝勒傑特家，讓她待在他的視線範圍內？

看著出現在眼前的女子背影，伊克西翁也不太清楚了。

針對利用卡利基亞之血暗中進行的非人道人體實驗，之後將舉行大規模審判，而此事伊諾亞登家也牽涉其中。

「希莉絲．伊諾亞登。」

伊克西翁停下腳步，與坐在輪椅上的女人保持了一定距離。他呼喚了她的名字，卻沒有得到任何回應。

伊克西翁若有所覺，轉頭望向在附近待命的傭人。他們向伊克西翁點頭，印證了他的猜想。

希莉絲．伊諾亞登坐在輪椅上睡著了。伊克西翁本來想轉頭回去，但突然想到，如果就這樣丟下身體虛弱的希莉絲離開，萬一她感冒了怎麼辦，於是又停下腳步。

伊克西翁獨自陷入苦惱，這時，餘光捕捉到蓋在希莉絲腿上的毯子滑了下去。在意識到之前，他已經比傭人早一步來到希莉絲．伊諾亞登身邊。

當然，撿起掉落毛毯這種小事根本不必由伊克西翁來做。但他還是彎下腰，撿起希莉絲腳下的毯子的同時也在自我懷疑。

伊克西翁正準備把手中的柔軟毛毯蓋回原位，目光卻停留在希莉絲臉上。她的睡顏是如此安詳，他不禁感到意外。雪白的臉上浮現微弱的血色，讓照耀其上的陽光顯得更加純淨。

沒有露出平時那嘗盡世間風霜悽苦的神情，看起來也沒有做噩夢，現在的她，只是靜靜融入四周平和悠閒的景色。這樣不似現實的畫面，令人難以移開目光。

伊克西翁就這樣看著希莉絲，而每次見到她的時候，心中時常浮現的想法重新冒了出來。希莉絲．伊諾亞登就像一次次被海浪擊碎、受沙礫侵蝕，最後散發出動人光彩的海琉璃。

伊克西翁的手無聲抬起，他莫名不想打擾現在的希莉絲．伊諾亞登，於是輕輕將手中的毛毯蓋在希莉絲身上。

就在那一刻，斂下的睫羽如蝶翼般輕輕振動。緩緩掀起的眼簾之下，現出奪目的金黃眼眸。下一秒，毫無防備的清澈雙眼對上了伊克西翁的視線。

仔細回想起來，就是那一刻。在那異常平靜的午後，金色陽光暈染的晚春景色中，與希莉絲．伊諾亞登對視的瞬間。那顆不知何時埋進伊克西翁心中的種子，就此生根發芽。

但在那個當下，伊克西翁並沒有察覺到剛萌芽的情感，自體內誕生的事物也尚未茁壯到顯而易見。因此，等他能明確定義這種情感時，已經是一段時間之後的事了。

無法親近的千金

CHAPTER 020

越靠近越遙遠，
越遠離越接近

접근 불가 레이디

伊克西翁離開宅邸，獨自前行。但沒走多遠，他的腳步就猛然停下，那張被晚霞染紅的臉依然難掩強烈的情感。

他咬緊牙關，粗暴地雙手抹臉，神情這才稍稍平靜下來。當然，那終究只是表面。不久前，伊克西翁同樣獨自踏出金庫。那時，希莉絲以異能甩開抓著她的伊克西翁，瞬間掀起狂暴的花瓣風暴。他下意識想再次抓住希莉絲，卻在看清她的神情時停下動作，迷茫地目送她消失在花瓣之中。

那些在碰觸金黃寶石時閃現腦中的一幕幕，分明是他的親身經歷，但那怎麼可能？也許那些純粹只是幻影，而他只是在妄想，才會認為那是自己失去的記憶。

然而已經牢牢紮根的篤定告訴伊克西翁，這絕不是幻想或妄想。

他分明丟失了一些非常重要的東西。不僅是他經歷過的時間，以及那段時間的記憶，還有剛剛還在他面前的希莉絲．伊諾亞登。

現在伊克西翁找回的記憶實在太少，就連那些片段也模糊不清。正因為如此……他不知道希莉絲．伊諾亞登為何要匆促離開，還露出了那樣的表情。

伊克西翁再次壓下心中的紛亂，用手抹了抹臉。

「等等，伊克西翁家主……！」

這時，不遠處的某人一邊呼喚著伊克西翁一邊跑來。伊克西翁放下手，目光轉向聲音傳來的方向。

「您怎麼一個人在這裡？」

「伊諾亞登家主呢？」

「聽說伊諾亞登家主登門拜訪，正由伊克西翁家主招待。」

不顧體面，氣喘吁吁跑向伊克西翁的是貝勒傑特家的長老們。長老們急切地東張西望，尋找著早已離去的希莉絲・伊諾亞登。

「當然我們也不是要打擾兩位共度的愉快時光，但身為貝勒傑特家的長老，至少應該向她打聲招呼，才會過來看看……」

「她在會客室或伊克西翁家主的臥房嗎？」

「咳咳！聽說伊諾亞登家主剛剛還從伊克西翁家主的臥房走出來……兩位的關係是什麼時候變得這麼親密的？」

「我們這些長老居然都不知道。如果早點說，我們就不會那麼心急，肯定會識趣地在後方守候兩位。」

看來只靠施萊曼一個人，還是無法瞞住所有長老的耳目。也對，畢竟長老可不只一、兩人，就算施萊曼有通天本領也辦不到。至少施萊曼似乎成功擋下了絕大部分，所以現在來到伊克西翁面前的只有幾位長老。

「諸位長老。」伊克西翁看著這些人，終於開口說道。「仔細想想，其實有件事我忘了告知你們。」

長老們滿心期待，等到的答案卻猶如晴天霹靂，完全超出預想。

「第一金庫裡的王之遺物，被我不小心弄壞了。」

「什麼……？」

「我認為應該先讓各位知道，才會說出來，希望各位做好心理準備。」

說完之後，伊克西翁若無其事地越過那些長老離去。被家主拋在身後的長老們張著嘴愣在原地，接著立刻回過神來。

「您、您毀了第一金庫裡的王之遺物，那是什麼不像話的……！」

他們像一群鴨子般呱呱叫著，拚命追上伊克西翁。

「您應該是開玩笑的吧？」

其中幾位長老迫切地向伊克西翁確認。

「當然！我們家主當然是開玩笑的吧……！」

其中也有人正努力否認現實。

「沒錯！雖然伊克西翁家主有時也會血氣方剛地任意行事，就像故意要讓我們這些長老傷腦筋一樣。但就算這樣，難道他會做出破壞貝勒傑特傳家之寶的荒唐事嗎？」

「說、說得對。其實第一金庫裡的王之遺物也安然無恙……對吧，伊克西翁家主？」

然而，如此微不足道的希望很快便破滅了。

「抱歉讓大家失望了，我並不會開那種無聊的玩笑。」

「什麼……難、難道您真的把貝勒傑特的傳家寶……」

「如果不信，各位可以自行確認。」

聽見伊克西翁斬釘截鐵的回答，幾名長老血壓飆升，按住後頸猛咳起來。

「順帶一提，就如各位所知，我偶爾會有氣血方剛的時候，所以既然不小心弄壞了遺物，我就直接清理掉了。各位最好早點拋棄我或許會換個地方收藏的無謂期待，對精神健康比較好。」

伊克西翁拋下這些長老，逕自催動異能。仔細想想，他根本不必走到外面來，其實可以像希莉絲那樣直接使用異能移動。但他實在心煩意亂，才會做出這種蠢事。

希莉絲或許同樣心神不寧，所以才忘了帶走由金庫裡的王之遺物變成的寶石。伊克西翁緊緊握住手中冰冷的礦石。沒錯，他現在得再去見希莉絲．伊諾亞登一面。

然而等伊克西翁的異能消散後，他瞠目結舌地看著抵達的目的地。

「這究竟……」

那是被鋒利的荊棘覆蓋的伊諾亞登宅邸。

回到伊諾亞登宅邸的希莉絲，讓前來伺候她的梅依退下，獨自一人走進臥房。

希莉絲的背靠上緊閉的門扉，發出一聲輕響。她的心臟紊亂地失速跳動。

……那是怎麼回事？他分明是想起了什麼。

這個問題從剛才便如尖刺般扎入胸口，在心中揮之不去。

希莉絲還以為那只是他的錯覺。伊克西翁．貝勒傑特在王宮問她「以前我們是不是在這裡見過面？」的時候，她還可以用這種說法打發他。然而從那之後，即使伊克西翁不知實情，依然時不時會從希莉絲身上捕捉到奇異的既視感。這讓希莉絲心中也慢慢冒出懷疑。

難道……難道伊克西翁真的在一點一點想起前世發生的事？希莉絲緊緊咬住下唇。

「果然，是妳。」

這次，她就算想自欺欺人也辦不到了。他的反應無法再以「錯覺」去解釋。

「我遺忘的記憶。」

「我失去的……」

「還有我必須尋找的，這一切……」

「全是妳。」

過去幾世的人生，伊克西翁從不曾像這樣回想起之前的記憶。為什麼這次重生卻不同？

不……其實有跡可循。這一世他們不僅在四季之森喚醒了王之殘痕，伊克西翁又在找到金色寶石時看到了某些畫面，兩者肯定都是關鍵。伊克西翁透過寶石看到的，似乎與希莉絲看到的奇怪場景不同。

可是在這之前，伊克西翁顯然也見過來自過去的殘影。如此看來，原因肯定來自第七次人生，而希莉絲也大概知道那個原因是什麼。

「……」

在沒有開燈的昏暗房間裡，只聽得見自己微弱的呼吸聲。她的心像熔岩般滾燙燃燒，隨後又如冰層般冷卻凍結，如此循環反覆。

為什麼？為什麼會有這種感覺？希莉絲以為這一切都隨著上次死亡而結束，她現在應該什麼都不在乎了才對。

然而，從這次重生的初次見面開始，伊克西翁．貝勒傑特便三番兩次讓希莉絲感到動搖，這是不可否認的事實。

希莉絲深深呼吸，雙眼緊閉，許久後才再次睜開，在黑暗中有如兩道冷光。她走向床頭櫃，從抽屜取出一只盒子果然應該扔掉的。希莉絲冷冷地想著，一邊打開盒蓋，打算徹底毀去裡面的東西。然而下一刻，希莉絲的手卻頓住了。盒子裡是伊克西翁的領帶和金光流溢的寶石。

這是亞美利耶宅邸的畫作化成的寶石，由於沒有合適擺放的地方，所以昨天被希莉絲暫時收進這只盒子。一看到它，希莉絲便想起落在伊克西翁手上的那顆寶石。

明明是為了尋找更多金色寶石，才會去使用王宮裡的鏡子。但是在金庫發生那件事後，希莉絲便完全把寶石拋到腦後，直到現在才想起來。

希莉絲就這樣靜靜凝視著盒內，不知過了多久。沒想到，散發冰冷光輝的寶石竟然向希莉絲說話了。當然，寶石實際上並沒有發出聲音，但一縷游絲般的細語分明在希莉絲耳中響起，對她說：「**請吃下我吧**……」

就在那個瞬間，希莉絲懂了。如果這真的是王之氣息，那麼該用什麼方式才能取得蘊藏其中的神性？仔細想想，答案其實很簡單。在上一世和這一世，希莉絲不是都曾經吞下類似的寶石，體驗過它的效果嗎？

寶石的光滑表面散發著奇異的光芒，吸引住希莉絲的目光。看著那顆美得炫目的寶石，希莉絲最終還是動手了，金黃寶石就這樣消失在嫣紅唇瓣之間。下一刻，濃縮在寶石裡的力量開始融化，流入嘴裡。

嘩！

感覺和奪取狄雅各力量的時候不一樣，比那時更清澈純粹的力量結晶滲入她的體內。希莉絲睜開了不知不覺間閉上的雙眼，重新出現在黑暗中的金黃眼眸，不知為何散發著比剛才更加鮮明的光芒。

砰！鏘啷……！

接著，房門之外突然隱約傳來東西破碎的聲響。希莉絲森冷的目光望去。微弱的噪音接二連三持續了一段時間，接著房門傳來輕敲聲。

「那個……主人，很抱歉，您明明在休息，外面卻發生了騷動！」

梅依的聲音從門外傳來，急著解釋情況。

「狄雅各前家主一時激動……不過大家已經盡力阻止他，很快就會安靜下來。」

可以感覺到梅依戰戰兢兢的態度，擔心著希莉絲會因為騷動而不悅。希莉絲在手上注入異能，眨眼間，手中的盒子連同內容物瞬間化成花瓣，散落在地。

希莉絲甩落手中殘存的幾片花瓣，轉身走向房門。

「啊，不用勞煩您出來……」

見希莉絲開門踏出臥房，梅依更加慌亂了。嘈雜的聲響仍不斷沿著走廊及樓梯傳來。

希莉絲胸中無聲燃起冰冷火焰，朝噪音的源頭走去。

狄雅各正在大發脾氣，把臥室裡所有東西都拿起來砸碎。他心中像膿包一樣滋長的憤怒，在希莉絲的慶祝宴會結束後攀上了臨界點。

「狄雅各大人！請您冷靜。」

對於狄雅各三不五時的洩憤舉動，習以為常的傭人們只能盡力勸阻。依據經驗，異能會在情緒激動的狄雅各身周打轉，攻擊靠近的傭人，因此沒人敢上前拉住他，只能在門外急得直跺腳，等著狄雅各自己力竭摔倒。

在狄雅各退位幽居宅邸後，照護事宜都是由里嘉圖負責，但先前去請示他的傭人卻毫無回音。

「現在連你們這群傢伙也敢無視我嗎？」

鏘啷！

狄雅各臥房裡的花瓶飛出門外，應聲砸碎在走廊的牆壁上，傭人們驚呼著四散躲開。然而不管多麼憤怒，狄雅各也只能這樣亂丟東西，一步也踏不出房門。這都是拜希莉絲設下的結界所賜，他也好幾次想用自己的力量掙脫結界的制約，但不管怎麼努力都徒勞無功。

「這種小打小鬧是無法打破結界的。」

就在此時，門外傳來一道冷淡的嗓音。狄雅各立刻轉向那熟悉的聲音，來者正是造成他如此暴跳如雷的罪魁禍首。

看見終於走到門前的人影，狄雅各緊緊咬牙。

「主、主人！」

見到希莉絲，四周的的傭人同時低下頭。

「很抱歉，家主。雖然我們盡力阻止，但由於狄雅各的異能，我們實在力有未逮。」管家上前一步肅容說道。

希莉絲看了這些人一眼，接著望向臥房入口。門外因為有傭人打掃而相對乾淨，門內卻全是狄雅各砸爛的殘骸，整個房間一場糊塗。

狄雅各看到傭人對待希莉絲的態度，氣得全身發抖。

「看來你現在的本事只剩在房間裡亂摔東西和大呼小叫。」希莉絲的目光轉向那樣的狄雅各，「一段時間不見，你的水準降了真多。」

「什麼……！」

「又不是四歲小孩，如果想發洩，至少要這麼做才對。」

轟隆……！

希莉絲的聲音不大，但下個瞬間，宛若爆炸的強大力量橫掃整間臥房。在場所有人都驚愕得合不攏嘴，狄雅各也瞪大雙眼僵在原地。

一陣涼意從背後吹來，他反射性回過頭，只見身後的牆面完全消失了，深沉的夜色鋪展在眼前。

「希、希莉絲，妳……」

「只是摔碎幾件臥室的東西，就能讓你消氣嗎？」

轟隆隆！砰……！

一陣陣巨大的聲響幾乎震破耳膜，強悍的力量在房內四處炸開。除了狄雅各腳下，整間臥房都在希莉絲的異能下碾成齏粉，飛散在空中。整棟建築有如發生地震，天花板劇烈搖晃，各處的家具和物品東倒西歪，摔成碎片。

宅邸中的人一邊驚叫，一邊四處逃竄。原本守在狄雅各臥房外的傭人也嚇得一哄而散，跑得不見人影。狄雅各站在化為塵土的殘骸之間，愣愣地看著門口的女兒。

「看吧。」希莉絲看著狄雅各說道，「果然光憑這樣還是不夠。」

在四目相對的瞬間，狄雅各不禁毛骨悚然。這番話宛如在宣告，她下一個要摧毀的對象就是狄雅各。

希莉絲踏進臥房。每走一步，玫瑰便在腳下綻放，如紅毯般向前鋪展。危機感讓狄雅各本能地使出異能，但希莉絲不為所動，神態一如既往地波瀾不興。

明明表情堪稱麻木，那雙在飄揚髮絲間散發寒光的眼眸，卻令人心驚膽戰。

「不、不要過來！」

狄雅各挺身站直，但已然失去先前那股氣勢，姿態難掩緊張。隨著距離接近，兩人之間的空氣也越加緊繃。希莉絲看著狄雅各，微微歪頭。

「你很怕我？」希莉絲無視狄雅各的警告，又邁出一步。「我什麼都還沒做，你為什麼會害怕？」

狄雅各彷彿陷入困境的焦躁野獸，本能地攻擊希莉絲。

砰！

但他的異能沒能碰到希莉絲，直接在空中被擊散。

砰！啪啦！

兩股力量相撞，潰散的異能化成花瓣四處紛飛。在不知情的人眼中，這個畫面肯定像花之慶典般賞心悅目吧。然而在下一刻，只聽喀嚓一聲——

「咳呃……！」

希莉絲的異能猛然擊中狄雅各，一下又一下抽打。狄雅各很快就遍體鱗傷，但那些傷害都不致命。

「希……莉絲……！」

希莉絲的攻擊就像在玩弄玩具或蟲子，屈辱感讓狄雅各怒火中燒，注入更強大的力量。但無形的異能刀刃在下一刻削過狄雅各的身體，那是至今砍得最深的一次。

砰！咻咻……！

就像剛才砸毀房間那樣，襲來的異能瞬間炸裂，化成鞭狀荊棘四下揮舞。粉塵、花瓣及鮮血混合的煙霧隨即遮蔽視野。

沙沙沙……

接著，在逐漸消散的血霧之間，被荊棘貫穿的狄雅各緩緩現身。

「家、家主……！」

和其他逃跑的傭人不同，依然堅守在門外的管家見狀不禁倒抽一口氣。乍聽之下，分不清他呼喚的「家主」究竟是在喊希莉絲還是狄雅各。

做出此等暴行的希莉絲身上完全找不到猶豫或罪惡感，冰冷的金眸俯視地上血淋淋癱坐的狄雅各，宛如在看一件死物。

狄雅各不該在今天刺激希莉絲。慶祝宴會後，她才在四季之森那位自稱王之殘痕的存在口中聽到噩耗，而後又發現伊克西翁想起了不應想起的記憶。因此，現在的希莉絲並沒有表面上那麼理性。

這次重生，她以為自己已經放下一切，什麼都無所謂了。上一世，希莉絲已經親手殘殺眼前這個人，將所有愛恨畫下句點。但顯然還是有東西殘留下來，深埋在連她都不知道的內心深處。

此時此刻，劇毒般滲透她的憤怒和憎惡再次爆發，反覆沸騰又冷卻的心臟已經感覺不出是冷還是熱。

「我……」

被荊棘刺穿手臂和腿而痛苦呻吟著的狄雅各，口中傳來破碎的聲音。

「我承認這段時間，我沒有扮演好父親的角色，但是……」

狄雅各吃力地抬起頭，扭曲的臉染上濃濃的悲切。

「但是，這難道是必須承受妳這種逆倫行為的重罪嗎……？」

貫穿狄雅各的荊棘脫離他的軀體，在空中甩去血水。

「你應該無法理解吧？」

冰冷的嗓音從真心為此悲痛的狄雅各頭頂灑落。

「應該正滿心委屈，想著為什麼自己要遇到這種事。」

希莉絲對狄雅各此時的感受瞭若指掌。

「因為不知道原因，所以更加痛苦、更加憤怒。」

而她只是以殘酷無情的話語，剖出了狄雅各的心。

「就那樣一邊刻骨感受著自己的無力，一邊奮力掙扎吧。」

狄雅各帶著前所未有的茫然，抬頭望向他的女兒。

「當你越是用盡全力往上爬，就越是深陷泥淖，在這一世讓你親身體驗那是什麼感覺也不錯。」

接著，伸向門邊的荊棘轉眼就將站在外頭的某人拉到兩人面前。

「你也一樣，里嘉圖。」

「呃……！」里嘉圖被甩在半毀的地面上，不禁發出痛苦的呻吟。

方才狄雅各在臥房裡大吵大鬧時，里嘉圖正待在書房。管家派去的傭人其實找對了地方，只不過當時里嘉圖蜷縮在書房深處的沙發上睡覺，因此才沒有被發現。

那頭紅髮亂糟糟地鋪散在褐色皮沙發上，不僅如此，他的外型也十分邋遢。外套隨意地丟在地上，背心半掛在手臂上，襯衫領口和袖釦解開，露出了鎖骨和手臂。

里嘉圖一向有些潔癖的貴氣形象如今絲毫不復見，身上還散發著明顯的酒味，如果出現的地方不是書房而是街頭，或許會被認為是喜好花天酒地的少爺。

他之所以如此頹廢，明顯是慶祝宴會造成的餘波。宴會結束後，里嘉圖連續兩晚都喝得爛醉如泥，陷入混沌的夢境。

「不要站在我身邊，而是該站在我身後。」

里嘉圖夢到在王宮慶祝希莉絲當上家主的那晚。

「竟然想和我平起平坐，你太貪心了。」

對他來說，那絕對是場噩夢，而且絕對不願再想起。緊接著，希莉絲過去對他的指責也滲入夢境，讓里嘉圖更加痛苦。

「我早就知道你是個差勁的人了。」

里嘉圖不舒服地躺在沙發上，額上冒出了冷汗。然後，彷彿照進黑暗的一束光，在希莉絲冷漠的聲音後，又加上另一道溫和的嗓音。

「今天這場慶祝宴會的主角不該是希莉絲・伊諾亞登，而是你才對。」

有別於先前的冷言冷語，這句話聽起來非常甜美。

「玫瑰貴公子，其實你也是這麼想的吧？」

里嘉圖只能苦笑，連反駁也說不出口。像是他的反應全在預料之中，眼前那人露出神祕的微笑。

「如果需要我的幫助，可以隨時來找我。」

在這之後，眼前的人影逐漸消失。里嘉圖無意識地向前伸出手……轟隆！

震撼整座建築的巨響驚醒了里嘉圖。他從沙發上跳起，起初還以為那也是一場夢，然而爆破的聲響在那之後仍不斷傳來。

里嘉圖顧不得整理儀容，匆匆離開了書房。他甩開走廊上驚慌奔逃的傭人們，直奔騷動傳來的方向，在慌亂的眾人中逆流而上，花了比想像中還要久的時間。然而，等里嘉圖好不容易爬上樓梯，身體卻不知為何動彈不得，無法往前跨出一步。

在空無一人的走廊上，獨自留下的管家腿軟地靠在牆上，正愣愣看向狄雅各的臥房入口。在喧囂甫停的房內，兩道里嘉圖熟悉的嗓音響起，伴隨著令人暈眩的風聲。

里嘉圖終於邁開腳步，好不容易靠上前去窺看臥房內部……那裡已經幾乎成為廢墟。沒想到，就在看見希莉絲和狄雅各的瞬間，他被荊棘一把纏住，拖進了門內。

「里嘉圖……！」見到兒子摔在地上，狄雅各著急地呼喚他的名字。

里嘉圖看起來相當悽慘，動作不穩地扶著地面撐起上半身。雖然他不知道狄雅各的臥房為什麼會毀成這樣，但至少眼前的情況一目了然。

「希莉絲，妳真的……」

里嘉圖緊緊咬牙，那張扭曲程度不輸狄雅各的臉無比蒼白，眼中的情緒如怒濤般激烈。

「妳打算鬧到什麼地步？」

希莉絲冷冷凝視著狼狽地對她怒吼的里嘉圖。

「我問妳到底為什麼要做到這個地步……！」

他是如此優柔寡斷又卑鄙苟且，總是被其他人牽著鼻子走。反正「那個人」必定會接近里嘉圖，說不定兩人已經接觸過了。即使還沒有，那人遲早也會投來誘餌。

希莉絲早早就放棄里嘉圖可能會倒戈幫助自己的想法，即便如此，她這一世也沒有干預，打算放任自流。不過，這也只到今天為止了。

「我現在真的感到厭煩了。」

於是希莉絲決定確實地推里嘉圖一把。在他前方的兩條路之中，希莉絲選擇將他推向快速通往毀滅的懸崖。

「從此刻起，我要剝奪你們兩人的姓氏。」

啪！

希莉絲冷酷低語的瞬間，金色印記自身上浮現。蘊藏著異能的宣言帶著奇異的迴響擴散，抵達位於伊諾亞登宅邸中央的巨大石碑。

只見歷史悠久的世系圖銘刻上，狄雅各和里嘉圖的名字發出光芒。

「等等，妳現在想做什麼……！」

意識到希莉絲在做什麼的兩人，臉色頓時變得慘白。但希莉絲沒有撤回方才的宣判，於是狄雅各和里嘉圖的名字就此徹底從伊諾亞登的世系圖上抹消。

「還有，不再屬於伊諾亞登的人，沒有資格繼續擁有這份力量。」

希莉絲並未就此收手。聽到她斬釘截鐵的話，狄雅各猛然警覺起來，但仍然無力阻止對方。

轟轟轟轟……！

希莉絲身上再次綻放金色光芒。

「不、不要……！」狄雅各瘋狂叫喊著，感覺異能被抽離自己的身體。

轉眼間，狄雅各就像一片荒地，全身上下的力量都被抽乾了。在他體內完全不留一絲異能的痕跡，乾涸到連一滴都不剩。

王的力量果然非常強大。稍早希莉絲吸收的只是神聖力量的一小塊碎片，但是過去連作夢都不可能發生的事，就這麼輕易地成為現實。

失魂落魄地癱坐在地上的狄雅各，頭髮已不見紅色。徹底被伊諾亞登除名，甚至失去所有異能的他，髮色不再像希莉絲那樣呈現鮮紅，而是褪成了雪白。

狄雅各彷彿瞬間老了十歲，變成一副寒酸不起眼的模樣，縮在地上瑟瑟發抖。一旁的里嘉圖也瞠目結舌，完全說不出話來。

希莉絲對他們下達了最後的驅逐令。

「現在立刻從我眼前消失。」

只聽唰啦一聲，從希莉絲身上爆發出的異能覆蓋整座伊諾亞登宅邸，帶著尖刺的玫瑰藤蔓向四周蔓延。

狄雅各愣愣看著如活物般飛撲而來的荊棘，不禁懷疑眼前這個人究竟是自己的女兒，還是附身的惡鬼。

他只來得及對上那雙宛若霜雪的冰寒金眸，下個瞬間，藤蔓便如猛獸般吞噬了狄雅各。狄雅各和里嘉圖雙雙被玫瑰藤蔓捆住，直接丟出了伊諾亞登宅邸。宅邸裡的其他人也尖叫著四處逃命，被侵占整棟建築的藤蔓驅逐出去。

不過一眨眼，伊諾亞登便化為一座仿彿荒廢多年的老舊城堡。宅邸中只剩希莉絲一人，在她身上的金光消失後，室內僅餘山脊後方殘留的最後一抹晚霞。

四周鴉雀無聲。此時此刻，感覺就像一個人被獨自留在末日後的世界。

啪噠……

「希莉絲……！」

伊克西翁……在他出現之前，希莉絲就若有所覺了。雖然很奇怪，不過希莉絲總覺得他會過來。

伊克西翁現身在破損的房門外，神情複雜地看著希莉絲，接著往她的方向跨出一步。

「不要過來！」

穿過在那瞬間紛飛的花瓣而來的聲音，絆住了伊克西翁的腳步。沒有其他人存在的宅邸，寂靜得令人悚然。

此地就如童話書中魔女或公主的高塔，伊克西翁站在荊棘之中，只覺得世界完全被隔絕在外。落日的最後一道餘暉好似沸騰的鐵水，順著殘垣斷壁流淌而下。

剛才伊克西翁在外頭看到徹底被荊棘包覆的伊諾亞登宅邸，便利用異能移動進來。建築內部只比外部更加慘不忍睹。

是什麼讓伊諾亞登宅邸變成這樣？答案毫無疑問是希莉絲的異能。單憑瀰漫整棟建築的濃郁餘香也能做出如此判斷。

他想問希莉絲為什麼？在她前往貝勒傑特宅邸又離開的這段短暫時間，究竟發生了什麼事？其他人都去了哪裡？不過比起這些，伊克西翁現在最想確認的是希莉絲是否平安無事。

「果然，當初還是不要與你相遇比較好。」

然而，希莉絲沒有給伊克西翁詢問的機會。

「……妳為什麼要這麼說？」

在短暫的空白後，壓抑的低沉嗓音從伊克西翁喉中傳出。他按下刺痛的心，直視著希莉絲。

隨風飄揚的長髮遮住希莉絲的臉龐，從玫瑰藤蔓上飄落的花瓣擾亂了他的視野。在那之中，希莉絲慢慢斂下目光。

「因為我不知道該拿你怎麼辦……」

從她微啟的雙唇間傳出帶著空虛回音的呢喃。

「我也實在厭煩了自己到最後都無法做出選擇，就這樣蹉跎至今。」

若是伊克西翁開始回想起過去的人生，希莉絲只能推測出一個理由。

「伊克西翁·貝勒傑特。」

在她的第七世人生。

「我不知道你透過那顆寶石究竟看到了什麼，不過這對我來說沒有任何意義。」

當時希莉絲在臨死前逃出監獄，並見到了伊克西翁。伊克西翁是在那一世陪著她走完生命最後一程的人。

「你對我來說，什麼都不是。」

但是他之所以會找回記憶，並不僅是因為這個原因。

「所以，忘了吧。不要再挖掘埋藏已久的東西了。」

上一世最後的瞬間。

「……結果妳是要我殺了妳？」

說出那句話的伊克西翁最終沒有殺死希莉絲。她在第七世的死因是自殺。

那天，希莉絲在伊克西翁面前自殺了。她不希望伊克西翁回想起當時的事。

若是現在的伊克西翁問起，過去的他對她來說是不是特別的存在，希莉絲會毫不猶豫給予否定的回答。可是，儘管她此時依然滿腔怒火，也無法掩蓋心中升起的悲哀。

希莉絲不想讓伊克西翁知道她正在想些什麼，或是看著時他感受到了什麼。與其讓他知道，她寧願立刻結束這一世。但如果她現在自殺，下一世他會不會又想起來……？

一想到這些，不知何去何從的憤怒再次在心底掀起驚滔駭浪。

「希莉絲。」

這時，伊克西翁邁開停留在原地的步伐。隨著接連傳來的沉重腳步聲，兩人之間的距離也逐漸縮短。

「就像妳說的，我現在什麼都不知道。」

夕陽宛如夜空中燃燒的最後火種，倒映在那雙暗藍眼眸中。

「我不知道妳為什麼會用這種表情看著我，也不懂妳這些話的真正含意。」

伊克西翁又向前走了一步，來到了希莉絲面前。他的黑色髮絲被風吹亂，但那雙近距離直視她的目光毫無動搖，而同樣堅定的嗓音震動了希莉絲的雙耳。

「但是，我從來不後悔遇見妳。」

在那瞬間，希莉絲的雙眼微震。雖然她的反應不過如此，但伊克西翁沒有錯過。他拚命壓抑伸手向前的衝動。如果他現在膽敢觸碰，希莉絲彷彿立刻就會像泡沫般從他的眼前消失。

於是伊克西翁緊握雙拳，咬了咬牙，然後再次開口。

「那些妳害怕的，還有讓妳變得脆弱的事物……」

聽見烙印在記憶中的熟悉低語，希莉絲下意識屏住了呼吸。

「我會替妳從這世上徹底抹去。」

其實伊克西翁並沒有完全記起當時的情況。

只是……唯有牽著眼前之人的手，懷著焦急的心情，有如發誓般低喃而出的字句，彷彿鐫刻在靈魂上一樣清晰。

「現在，妳的那份痛苦也包括我嗎？」

聽到伊克西翁低沉的提問，希莉絲用毫無起伏的嗓音反問。

「如果我說『是』呢？你會從我眼前永遠消失嗎？」

「沒錯。」

毫不猶豫的回答，讓希莉絲緊抿雙唇。

「只不過，要在把不該留在妳身邊的事物統統除掉之後……還有……」

伊克西翁看著希莉絲的眼神不帶一絲猶豫或動搖。

「在妳可以真心綻放笑顏之後……」

雖然在伊克西翁眼中，希莉絲的表情沒有變化，事實上她卻緊緊握住了雙手，甚至讓指甲深深陷入掌心，流出了鮮血。

不久，希莉絲的唇角勾出冰冷的微笑。

「笑死人了。你算什麼東西？」

她的神情就如嚴冬般冰寒，再次說出刺傷伊克西翁的話語。

「你該不會因為那一點幻覺，就以為自己變得多重要了吧？」

「如果我對妳來說什麼都不是，那不是反而更好嗎？」

然而伊克西翁毫不猶豫的回答，讓希莉絲再也說不出話來。

「利用我吧。」

伊克西翁終於抬起手，輕觸希莉絲的手腕。從他人身上透入骨血的體溫有如火灼，希莉絲不禁一顫。接著，伊克西翁又朝著她跨出一步，兩人之間近得呼吸可聞。

「不管妳要我做什麼都可以。」

低沉的呢喃穿過寂靜夜色，在她耳畔響起。

「在妳隨心所欲利用過後，把我拋棄也沒關係。」

他對自己冷酷無情到令人難以置信。但希莉絲現在知道了，那確實是伊克西翁完整的真心。

火紅的夕陽在此刻徹底消失在山脊之後。即使在昏暗的視野中，眼前的藍眸依然縈繞著流星般的光輝。希莉絲無法壓抑刺痛內心的情感，脫口說出上次在伊諾亞登庭院同樣說過的話。

「如果現在不放開我的手，你會後悔的。」

這一刻，維奧麗塔的聲音也再次在伊克西翁心中響起。

「那個人……希莉絲・伊諾亞登。」

「伊克西翁，雖然你難得會關心別人這件事很神奇，不過你還是收手吧。」

「反正就算我警告你也沒什麼用，不過我還是要先說，以後可別後悔了跑來找我。」

即使如此，面對希莉絲，伊克西翁也毫不猶豫給出同樣的回答。

「不。」

那是無論何時何地，都能毫不猶豫向眼前之人許下誓言的不變真心。

「我不會後悔。」

這句話就像遺留在滅亡世界裡的最後真實。

伊諾亞登宅邸的狀況也傳到了帕爾韋農家。當時，加百列還不知道自己的家已變成一座廢墟，正在帕爾韋農宅邸與雷諾克見面。

「克里斯蒂安大人今天也很忙。」

接到加百列的傳信後，從宅邸後門走出來的雷諾克果斷說道，語氣帶著一貫的冷意。

「我今天不是來找克里斯，而是來見你的。」

加百列偷偷瞥了雷諾克一眼，對方則訝異地皺起眉頭。

「咳！拿去，這是送你的。」

加百列若無其事地撇過頭，同時遞出某樣物品。雷諾克心中的疑惑變得更加強烈，只見她戴著華麗蕾絲手套的指尖，正拿著一只包裝精美的小盒子。

「這是什麼？」

「當然是手帕了，還會是什麼？」加百列接著乾咳一聲，「咳……慶祝宴會的時候，我不是借用了你的手帕嗎？這是我買來還你的，所以你可不要誤會我是對你有興趣，才藉機準備禮物要送你。」

「……」

「啊！還有，你原本的那條手帕髒了，所以我直接丟掉了！你也不要以為我其實是把那條手帕洗乾淨，自己偷偷珍藏起來了。聽到了沒？」

雷諾克依舊瞇眼盯著加百列。當她意識到對方投來的目光，便以最漂亮的角度側過頭，自豪地將一頭美麗長髮撥到肩後。

「還愣著做什麼？快點收下。不過我也沒有特別花什麼心思挑選，只是在店裡隨便看到一條就買下來了！」

加百列今天的打扮盡可能突顯了自己的美麗。從衣服到首飾，整整花了三個小時嚴格挑選。妝容完美無瑕，讓她的小臉今天看起來格外光彩奪目。

加百列如此用心打扮只是為了來見雷諾克，所以這樣看來，他算是享受了原本不該有的待遇。加百列十分想知道雷諾克對此會表示些什麼，期待著他接下來的反應。

「……首先，我知道了。」

片刻後，緊抿雙唇的雷諾克總算開了口。他不情願地伸手接下加百列遞出的盒子。

「既然妳說是代替那條被丟掉的手帕而買的，那麼我就收下了。」

然後，雷諾克從唇間吐出至今為止最生硬的聲音。

「但是，往後請不要用這種方式……」

「小姐！加百列小姐……！」

不幸的是，他沒能把話說完。稍遠處與帕爾韋農的門衛並肩而立的加百列侍女，突然焦急地跑過來，口中不停大喊著。

「您現在必須馬上回去！聽說伊諾亞登家出大事了！」

「什麼？這話是什麼意思？」

「您先上馬車吧，快點！」

「呃，等一下……」

眨眼間，加百列和侍女便走遠了。話還沒說完的雷諾克一窒，本來想叫住加百列，又擔心這麼做會引起其他誤會，只能打消念頭。

雖然他希望只是錯覺，但加百列的態度從上次開始就說不上的奇怪，不停用有所期待的怪異眼神看著他。今天也是，她非得要避開其他人把他叫來後門。

雖然雷諾克真的不曾有過這種想法……但這樣感覺就像瞞著克里斯蒂安與加百列私下見面，讓雷諾克有些愧疚。如果不想埋下禍根，回去之後最好還是直接丟掉這條手帕。

雷諾克蹙眉凝視著加百列消失的方向，然後朝門衛走去。

「剛才離開的侍女說的是什麼意思？」

「那個……現在伊諾亞登宅邸……」

聽完消息後，雷諾克不禁瞪大雙眼。

「什麼？那是真的嗎？」

比雷諾克早一步獲得消息的克里斯蒂安，難以置信地反問。

希莉絲竟然大肆破壞伊諾亞登宅邸，還把人全都趕出去了。這種事可是從未發生過，綜觀其餘四大家族，也同樣是前所未有的嚴重事件。

克里斯蒂安不禁目瞪口呆。當然，他知道希莉絲的性格在覺醒後變得說一不二，但真的沒想到她會做出這種事。

克里斯蒂安讓通報消息的人退下，獨自坐在書房辦公桌後，臉上的神情難以形容。

接著，克里斯蒂安抬起手，掩住緊抿的雙唇。

「呵……」

然而從唇間洩出的不是嘆息，而是壓抑的笑聲。不知道為什麼，克里斯蒂安壓不下這股笑意。

這也太有意思了吧？雖然早就知道希莉絲．伊諾亞登是個有趣的女人，但沒想到會有趣到這種程度，直接一筆勾消他最近因她而起的不悅。

克里斯蒂安就這樣捂住臉，笑到不斷聳動肩膀。而後，他的指間抹過猶帶笑意的唇，光彩奪目的紅眸凝視著昏暗的窗外，就像在追著遠處的某物。

接著，克里斯蒂安做出了決定。

「很好……」

為了得到希莉絲．伊諾亞登，他也需要像她一樣果斷。原本打算把帕爾韋農家內部整頓得乾淨一些再動手，但現在克里斯蒂安改變了想法。

喀啦一聲，克里斯蒂安推開椅子起身，走到書房門口。紅眸中噙著一絲嚴冬般的冰寒笑意。

「我親愛的大哥正在做什麼呢？」

克里斯蒂安自語道，慵懶的低喃從勾勒出弧度的雙唇間透出。克里斯蒂安走在走廊上，白霜般的異能悄悄在掌心搖曳，有如篝火中的火種，發出細微的霹啪聲響。

毫無自知之明，霸占了不屬於自己的位子……現任帕爾韋農家主，也是克里斯蒂安同父異母的哥哥戈提耶，就在今天，他會將戈提耶踩到自己腳下。

「你說『里嘉圖．伊諾亞登』？」

「是。」

拉上深藍窗簾的昏暗房間中，坐著一對男女。

「是啊，原本被稱為玫瑰貴公子的那個孩子。」

女人翹著腳，身體深深陷進沙發，手中斜斜地拿著酒杯。那雙藍眼凝視著水晶杯中晃動的深紫液體。

「考慮到那邊的情況，他現在應該正覺得前景一片黑暗，八成能輕易被你迷惑。」

「應該可以說，他的心已經在我們這邊了。」

男人說著，毫不猶豫地單膝跪地，親手替女人脫去鞋子。

「他遲早會來聯絡我。」

昏暗的燈光將那頭棕髮映出金光，男人正是泰爾佐．卡利基亞。雖然泰爾佐在卡利基亞家被視為長老的走狗，不過他從未在那些人面前表現出這種稱得上順服的態度。

也就是說，他眼前的女人是唯一的例外。

女人也習以為常地接受泰爾佐的服侍，並抬起一隻手示意。

「但是，拉攏伊諾亞登有風險，蒙德納應該不會輕易同意。」

「蒙德納的意見並不重要。」泰爾佐熟練地為女人奉上菸斗，嘴角勾起微笑道，「這邊肯定更有意思。」

女人迷人的紅唇含住菸斗，吸了一口再吐出。

在搖曳的白色煙霧中，芝諾露出慵懶的笑容，瞇起與兒子伊克西翁相似的深邃眼眸。

「也對，這樣更有意思。」

無法親近的千金

CHAPTER 021

皆如妳所願

접근불가 레이디

伊諾亞登家在一夜間成為荊棘禁地，而且全部人都被趕出去的事，轉眼便傳遍了五十二支家族，成為最為熱門的話題。雖然有人好奇地跑到附近探頭探腦，但由於結界籠罩了整座宅邸，沒有人能進去一探究竟。

話雖如此，宅邸內卻並非傳聞那樣空無一人。

——叩叩！

「主人，餐點準備好了。」

梅依來到希莉絲的房門前通知，嗓音似乎還在微微顫抖。

從昨晚到今日早晨，包括管家阿爾弗萊多在內的幾名傭人自願返回伊諾亞登宅邸。

整座建築至今仍被荊棘覆蓋，散發著淒涼幽靜的氛圍，但希莉絲並未干涉那些因無處可去而選擇回來的傭人。

儘管如此，希莉絲卻沒有為昨天深夜外出後回家的加百列打開結界。

加百列並沒有伊諾亞登的血統，名字也沒有被寫上族譜，所以沒有必要另外將其除名逐出家門。而且她又是狄雅各和里嘉圖疼愛入骨的繼女和繼妹，他們肯定會帶著加百列離開。不出希莉絲所料，昨晚之後，加百列便再也沒有出現在大門外。

人數急劇減少的伊諾亞登宅邸如今顯得異常安靜，希莉絲走進餐廳，卻在看到坐在餐桌邊的人時驀然停下腳步。

察覺到來者，伊克西翁轉過頭來。

「希莉絲。」

低沉的嗓音在希莉絲耳邊縈繞。伊克西翁沒有回到貝勒傑特宅邸，而是留宿在這裡。但這並不代表他得到了希莉絲的允許，她只是沒有像驅逐其他人那樣，趕走自願被她利用的伊克西翁而已。

希莉絲像是沒看見對方，一言不發地走進餐廳。等她入座後，端著托盤的傭人走上前來。

「因為是較晚吃的早午餐，所以為您準備了容易消化的簡單菜餚。」

其他負責布餐的傭人也動作緊張地開始服侍。餐廳裡四處可見雜亂糾纏的荊棘，景象十分荒蕪。

希莉絲沉默地逕自開始用餐，伊克西翁在餐桌對面靜靜看著她。儘管希莉絲表現得毫無感覺，但過了一段時間，率先開口說話的人並不是伊克西翁。

「你說過，不管是什麼，都會照我說的去做吧？」

她依舊沒有看向伊克西翁，神情十分冰冷。

「但是對我來說，除了同行前往四季之森之外，你沒有其他用處。」

不等對方回答，希莉絲接著說道。

「所以，除非我有需要，你什麼都不要做，也儘量不要出現在我眼前。簡單來說……」

希莉絲看向掛在餐廳牆上的一只花盆。

「就是像那株觀賞用的植物，沒有存在感地靜靜待在某個角落。」

聽到這句話，餐廳裡的傭人全都倒抽一口氣。

當他們回到布滿荊棘的伊諾亞登宅邸，同時也得知貝勒傑特家主竟然在這種時候來訪。本來就忙得不可開交，還要迎接這種大人物，傭人們一個個焦頭爛額。

沒想到，自家家主在貝勒傑特家主面前竟然如此不客氣。萬一被惹怒的伊克西翁像昨天的希莉絲那樣使用異能洩憤，或是兩人進行對決……

一想到這些，傭人們就腦袋發暈，全身瑟瑟發抖。光是希莉絲的力量就足以把伊諾亞登宅邸攪得天翻地覆，如果兩人的異能同時發威，這座建築肯定會立刻化成粉末。他們煩惱著是不是該趁現在逃出去避難，個個顯得坐立難安。

「我可以把這句話理解成，無論如何妳都不會把我推得比現在更遠吧？」

但是與傭人的擔憂相反，伊克西翁沉穩的神色沒有變化，依舊平靜的目光凝視著希莉絲。

「如果我按照妳說的，像那株觀賞用的植物一樣，乖乖待在房間裡……」

聽見伊克西翁說出的話，在場所有人都不禁懷疑起自己的耳朵。

「那妳會每天來幫我澆水，好好珍惜我嗎？」

嘰咿……希莉絲手中的餐具刮了一下盤子。

「……什麼？」

「主人對自己飼養和栽種的動植物負起責任，這不是理所當然的事嗎？如果妳答應的話，我會認真考慮成為伊諾亞登的觀賞用植物。」

希莉絲粗暴地推開椅子起身。

「不要胡說八道！」

冰冷的目光落在伊克西翁身上，但是他依舊目不轉睛盯著希莉絲。

「我沒有胃口了，把餐點都撤下去。」

「是、是的，主人！」

希莉絲的腳步捲起一陣寒風，轉身朝餐廳大門走去。

「四季之森……」

就在希莉絲快到門口時，低沉的嗓音從她身後傳來。

「什麼時候要再去一次？」他有些事想向那個自稱王之殘痕的存在問清楚。

聞言，希莉絲停下腳步，回頭看著伊克西翁。但最後她什麼也沒說，只是轉身走出餐廳。

那天晚上，希莉絲站在豎立在自己房中的鏡子前。

這正是王宮收藏的那面鏡子，被她用異能搬了回來。起初希莉絲還考慮過王宮裡的東西可能無法移動到外面，但過程意外的順利。

為了獲得更多關於這面鏡子或蘊含王之氣息物品的情報，希莉絲原本想去四季之森翻閱文獻，現在卻因為顧慮到伊克西翁而暫緩。她看得出伊克西翁想再一次喚醒王之殘痕，所以不希望讓他有機會找回更多過去的記憶。

只聽啪一聲，鏡面在希莉絲的觸碰下綻出光芒。在白天確實不適合使用不知會通到哪裡的鏡子，所以她才會一直等到夜幕降臨後的現在。

希莉絲任由自己被吸進鏡子，穿過那道無形的力量，向前跨出一步。

「……！」

不料地上一片潮濕，偏偏希莉絲腳下是鞋跟有點高度的室內鞋，所以剛踩到地面就滑了一下。就在那瞬間，有人及時穩住了希莉絲踉蹌不穩的身體，結實的手臂迅速摟住她的腰。

「又是那面鏡子嗎？」

從朦朧的水氣中傳來熟悉的低沉嗓音。希莉絲立刻就認出對方是誰，眼角不禁一陣抽搐。

「不管怎麼說，浴室似乎有點太過分了。」

浴室……聽見這個字詞的瞬間，希莉絲全身一僵。她下意識抬起頭，目光與早上在餐廳見到的藍眸交會。不過當時兩人間的距離相對遙遠，此刻則異常貼近。

從濕淋淋的墨黑髮梢滴落的水珠，沾濕了希莉絲的臉頰。伊克西翁微抿的雙唇緩緩開啟的景象，映入僵硬的金眸中。

「雖然不是故意的，但我很抱歉，妳的衣服被我弄濕了。」

直到這時，希莉絲才清楚意識到自己的處境。現在身處的地方是浴室，而她幾乎被伊克西翁抱在懷裡，最重要的是——他全身赤裸。

當然，伊克西翁並非完全赤裸，腰部以下好好地纏著浴巾，但希莉絲的視線固定在伊克西翁的臉上，因此無法得知。最重要的是，她絕對沒有往下看，確認伊克西翁的下半身是否同樣裸露的想法。

伊克西翁似乎也樣不知所措。幸好四周水氣瀰漫，在一定程度上蒙蔽了視野。

唰啦！

希莉絲召出了異能，接著雙唇微啟，發出乾啞的聲音。

「放手。」

伊克西翁從善如流，在希莉絲站穩後，順從地放開了她的腰。希莉絲留下滿天飄散的花瓣和濃郁香氣，消失在伊克西翁所在的浴室。

回到自己的房間後，希莉絲盯著眼前的鏡子。不過，或許是曲解了那道目光的涵義，鏡面在下個瞬間再次發光，彷彿在呼喚她一般，考驗著希莉絲的耐心。

希莉絲壓下砸破鏡子的衝動，過了好一段時間才平靜下來，再次觸碰鏡面。

只聽啪一聲，這次她來到一間普通的房間。然而，光線昏暗的空間看起來莫名眼熟。

「希莉絲。」

只點了幾支蠟燭的房間裡，響起比剛才在浴室更低沉的嗓音。希莉絲當然會對眼前的空間感到熟悉，因為這裡正是伊諾亞登的客房之一——甚至是伊克西翁所在的客房。

希莉絲刻意沒有向管家或傭人詢問伊克西翁的任何事。因此，她不知道擅自入住伊諾亞登宅邸的伊克西翁使用的是哪一間房，現在也是第一次來到他的房間。

原本坐在窗前的伊克西翁，在發現希莉絲後立刻起身。昏暗的燭光勾勒出伊克西翁的輪廓，讓他整個人被一圈淺光圍繞。

剛離開浴室的伊克西翁穿著浴袍，腰帶綁得鬆散，浴袍的前襟因而微敞，露出結實的胸膛和部份腹肌。

似乎沒有意識到自己現在的形象，反射性地站起身的伊克西翁不知道該說什麼，睋起雙眼凝視著希莉絲。希莉絲也一樣愣在原地，她輕咬牙關，臉上又增添一抹涼意，接著召出異能準備離開。

「等一下，我有東西要給妳。」伊克西翁連忙出聲挽留，「我都忘了那面鏡子的神奇之處。」

伊克西翁從隨意掛在椅背上的外套內側口袋，拿出了金黃色的寶石。那顯然是從貝勒傑特金庫裡找到的寶石。

「果然那面鏡子是通往有寶石的地方嗎？」

希莉絲從伊克西翁手中接過寶石後，立刻使用異能離開了。似乎打算徹底無視他，她從頭至尾沒有對伊克西翁說一句話。

再一次回到鏡子前，希莉絲的表情比剛才更加僵硬。她目光冰冷地看著鏡子，為了確認心中的懷疑，最後一次將手放上鏡面。

只聽啪一聲，希莉絲再次移動到了……

「……怕妳誤會，所以先把話說在前面，我身上並沒有其他藏起來的寶石。」

這次抵達的又是伊克西翁所在之處。

——不論何時何地，鏡子都將引領王前往心之所向、所需，以及應去之地。

想起之前看過的文獻內容，希莉絲的表情就像凍僵般冷硬。察覺到鏡子為何會帶自己到這裡，她不禁咬緊牙關。那並不是因為伊克西翁身上有寶石。

希莉絲用盡全力壓下砸爛身後那面穿衣鏡的衝動，深深吸了一口氣。而伊克西翁只是靜靜注視著獨自平復心情的希莉絲。

不僅今天，再加上先前希莉絲使用鏡子的那兩次，除了有伊克西翁同行的第一次之外，鏡子每次都把獨自一人的希莉絲帶到伊克西翁面前。果然那面鏡子，並非只會帶希莉絲前往神器所在之處。

希莉絲深深凝視著面前的人。雖然真的不想承認……但這麼一想，第二次穿過鏡子會來到貝勒傑特宅邸，或許與王之氣息無關，很可能只是因為伊克西翁在那裡。

啪沙！鏘啷啷！

最終，希莉絲的異能還是打碎了伊克西翁房裡的穿衣鏡。尖銳的碎片化作花瓣，輕柔地飄落在地。伊克西翁沉穩的神情未變，只是垂眸望著那些花瓣。

「如果和其他鏡子距離太近，就會像現在這樣出錯，所以我要砸碎伊諾亞登的所有鏡子。」

希莉絲留下冰涼的低語，逕自離開伊克西翁的房間。之後，除了她房裡的那面王之鏡，伊諾亞登宅邸內的鏡子全都被她毀去。雖然這是相當極端的方法，但希莉絲好歹出了一口氣。

然而……不久之後，她又再次透過鏡子來到伊克西翁的房間。

希莉絲不知道這是怎麼回事，臉色宛若嚴冬般冰寒。不幸的是，伊克西翁還沒有睡著，所以希莉絲一抵達房間就與他四目相對。

「又來了。」

不過，這次視野中看到的房間角度與先前不同。現在希莉絲面對著地上散落的鏡子碎片花瓣，她為了確認回頭一看，隨即握緊拳頭。

「希望妳可以不要打破窗戶。」

發現希莉絲的手正蠢蠢欲動的伊克西翁率先開口，語氣十分認真。

「鏡子一直出錯嗎？說不定只有在王宮內才能正確發揮作用。」

伊克西翁的話也有道理，但希莉絲的本能卻吶喊著事實並非如此。心之所向、所需，以及應去的地方……伊克西翁所在的地方……

希莉絲握拳的手不自覺用力，指甲深深嵌入掌心，彷彿下一秒就要折斷。她還以為除去周圍的所有鏡子，就無法再移動到伊克西翁身處之處。然而這次竟然是窗戶！難道這樣也可以移動嗎？

見到希莉絲此刻的神情，伊克西翁有些著急。

「說不定明早就恢復正常了，也可能是因為在短時間內連續使用，才導致暫時失靈。所以說……」

他看著希莉絲的眼睛，謹慎地挑選說辭。

「我認為不必那麼快就感到傷心。」

希莉絲抬手遮住自己的臉。這麼做雖然隔絕了伊克西翁的視線，但無法抹去她洩漏心緒的那一瞬間。難以言喻的羞憤朝希莉絲洶湧襲來。

「……希莉絲。」

不過，看到捂著臉低下頭的她，不知誤會了什麼的伊克西翁淺淺倒吸一口氣。他用沉著的嗓音輕喚她的名字，緩緩走了過來，動作謹慎小心，彷彿在靠近落入陷阱而受傷的野獸。

不要叫喚我。

不要靠近我。

不要看我。

這些話在希莉絲心中荒涼地迴盪，卻不知為何說不出口。

「如果那麼想要，就直接拿走吧。」就在此時，希莉絲腦海中響起一陣竊竊私語，和她昨天吞下的寶石中傳來的幻聽非常相似。

「妳就自私地做出選擇吧。」

「其他什麼都別管。只要是妳想要的東西，就統統變成妳的。」

「妳有這個資格。」

「在這個世界上，只有妳擁有這個資格。」

這些話是如此美好，讓她瞬間被迷惑了心神。但希莉絲睜開閉上的雙眼，望著面前的身影，否定了腦中的嗡鳴。

——不，我不想擁有這個人。

那陣竊竊私語平靜下來。但在徹底消散前，留下了一縷幽微的訕笑。

「騙子。」

希莉絲放下手，不帶一絲溫度地望著眼前之人。伊克西翁見到希莉絲冷若冰霜的臉，反而安下心來。

「看來妳不是在哭。」

希莉絲只是冷淡地回道：「哭？這點小事，我為什麼要哭？」

伊克西翁下意識地想反駁，卻在最後一刻阻止了自己。

不管是在他的夢裡，還是最近找回的記憶碎片中，希莉絲幾乎都在哭泣。所以看到她捂著臉低頭，他才會產生錯覺。

於是，伊克西翁一言不發，沉默地看著希莉絲蒼白如雪的面容。

他記憶中的希莉絲和眼前的希莉絲之間，存在著一段違和的距離。而真正令伊克西翁沮喪的是……他還無法得知其中的原因。

他還沒有想起幻影中的希莉絲為何會淚流不止。不管再怎麼努力回想，在破碎記憶中的那些至關重要之處，依然如烏雲籠罩般漆黑一片。

「妳害怕的那些，還有讓妳變得脆弱的事物……」

「如果妳允許，我可以全部從這世上徹底抹去。哪怕只是偶然，也不會再讓妳見到任何一次。」

但為了遵守那個約定，不論如何他都必須想起來。也是為此，伊克西翁才會決定留在希莉絲身邊。當然，這更是出於伊克西翁的私心。

沉默延續了片刻，與伊克西翁對視的希莉絲先開了口。

「跟我來。有件事希望你能幫我。」

「現在嗎？」

希莉絲沒有回答，只是轉身邁開腳步。這次她沒有利用異能，而是往房門走去。

伊克西翁二話不說，緊隨其後跟上，希莉絲卻突然停下腳步。

「先把衣服穿上吧。」

伊克西翁皺著眉往下一看，直到現在才意識到自己的儀容不整。雖然不像在浴室時那般裸露，卻比上次在貝勒傑特宅邸換衣服時更加衣不蔽體。

「妳說得沒錯。」

希莉絲先走出了房間。不久後，換下浴袍的伊克西翁也來到走廊上。

希莉絲率先轉身，背對著他逕直向前走去。但是沒走幾步，一襲暖意便落在她的肩頭。希莉絲側過頭，與來到她身邊的伊克西翁四目相對。

「若要在夜間走動，妳穿的似乎太過單薄了。」

希莉絲的視線落到罩著自己的外套上，又望向伊克西翁。

雪白月光從窗戶映入走廊，被淡淡月光籠罩的女子，看上去就像一位高潔無情的夜之女神。

希莉絲靜靜停在原地，凝視著伊克西翁。一道幽暗陰影蒙上那雙星辰碎片般的眼眸，下一刻，披在她肩上的外套便化為花瓣飛散。

月色幽微的夜晚，寂靜如水的走廊上站著一位全身雪白的女子，被飄散的綺麗花瓣簇擁其中。眼前的景象如夢似幻，伊克西翁卻莫名感到悲傷。

也許是因為獨自站在月光下的希莉絲好像馬上就會消失無蹤，身影朦朧而淡薄。伊克西翁無法用言語形容此刻的心情，只是痴痴望著眼前的人。

「別做一些我沒有要求的事。」

希莉絲低聲道，背對伊克西翁向前走去。

外套的花瓣緩緩墜落在她剛剛駐足的位置，如影子般堆積成一片。

伊克西翁的嘴角微微繃緊。希莉絲拒絕了他的好意，並將衣服化成花瓣毀去，這件事本身並不重要。更重要的是，他不知道她這麼做是帶著怎樣的情感和想法，這讓他尤其心煩意亂。

伊克西翁靜靜地看著希莉絲離自己越來越遠的背影。不久後，第二道腳步聲才在寂靜的走廊上響起。

「……」

希莉絲斂下目光，輕輕抿起紅唇。

剛才那樣果然太過分了，她想回頭看一眼後方的人，想看此時此刻的伊克西翁是怎樣的表情。但就算確認了，又會有什麼不同呢？

希莉絲只是聽著身後跟著的腳步聲，繼續朝向前方走去。

兩人爬上樓梯，來到四樓的某個房間前方。希莉絲伸手轉動門把，打開房門踏了進去。

她沒有關上門，所以伊克西翁準備跟上，卻在看清門後的房間時停下腳步——這裡似乎是希莉絲的臥室。

希莉絲沒有理會停在門邊的伊克西翁，直接來到斜倚著牆面的鏡子前。

「我有東西要確認，等我一下。」

這次希莉絲想讓伊克西翁站在鏡子前，她再獨自穿過鏡面。

「不是說鏡子會出錯？」伊克西翁走進房間，來到希莉絲身邊。「妳現在還想再試一次？」

雖然伊克西翁面露難色地皺起眉，但希莉絲相當堅決。

「沒錯，所以等我一下。馬上就好了。」

知道自己不管說什麼也沒用，伊克西翁沒有多說什麼，但無聲的不贊同在眉間刻出溝壑。

希莉絲要伊克西翁留守在鏡子前方，自己則伸手讓光芒吞噬……在那道光芒消失前，她卻再次從鏡中走了出來。

在視線相對的瞬間，希莉絲的眼角微顫，伊克西翁則眯起眼歪過頭。

「又出錯了。難道是移動到離鏡子最近之人的所在地嗎？」

雖然伊克西翁進行了推測，但以結論來說還是搞錯了。

希莉絲雙唇緊抿，看著伊克西翁。現在真的沒有其他辦法了。

「伊克西翁．貝勒傑特。」

最後她舉起手，輕輕覆上伊克西翁的手臂。

「看來你要與我同行了。」

「……」

伊克西翁垂眸看著希莉絲的手，又抬頭與她對視。希莉絲依舊沒有任何表情，握住他手臂的力道輕若無物。

然而單憑這一點……就有一股奇妙的滿足感湧上伊克西翁心頭。直到剛才還對他冷淡無情的希莉絲，卻先向他伸出了手。雖然不知道原因，但此刻的他只覺得不管是什麼都無所謂。兩人相對的視線及相貼的體溫，光是這些，就足以讓伊克西翁像吃了糖般感受到一絲甜意。同時，扭曲的激烈情感也像毒藥般在心中蔓延。

於是伊克西翁開口回應。

「無論何時何地，皆如妳所願。」

希莉絲拉著伊克西翁前近。伊克西翁欣然順從，跨出停滯的步伐。兩人就這樣一起走進發光的鏡面。

「這裡也是伊諾亞登宅邸嗎？」

穿越鏡面，兩人來到陌生的地方。伊克西翁一邊觀察四周一邊低聲詢問。

希莉絲回答道：「不，是其他地方。」

伊克西翁微微挑眉，眼神突然變得銳利。就在剛才明明還接連出錯，只能在伊諾亞登宅邸內移動的鏡子，這次不知為何將兩人送到了外頭。可是希莉絲對此似乎並不意外。

「妳知道這裡是哪裡？」

「這倒是不知道。」

伊克西翁瞇起雙眼，看著身旁的希莉絲，直覺地感到不對勁。如果問他哪裡不對勁，雖然無法明確指出，但確實有種被蒙在鼓裡的感覺。

現在希莉絲的反應和今天經歷過的鏡子異常，莫名讓他耿耿於懷。而且，希莉絲還推翻了最好別見面的決定，主動要求伊克西翁同行。他不禁模糊地懷疑起這些反常之間是否有關聯，但不管真相是什麼……

「若這裡不是伊諾亞登宅邸，那我們得安靜行動了。」

那些疑問應該先等解決眼前事情後再考慮。

伊克西翁和希莉絲正身處某個潮濕且散發著黴味的密閉房間。四周沒有其他人的動靜，但光線昏暗，無法得知這裡的用途是什麼。

他用異能點亮微弱的光線，映入眼簾的是有如宴會廳的寬敞空間。

伊克西翁回頭看了一眼，在布滿黑色汙漬的地板上散落著鋒利碎片。由於已經破損，無法得知碎片的原貌。但顯然只要是人可以通過的大小，就算是廢棄物也能成為移動的出口。

然而在這之中，最讓伊克西翁警覺的並不是那些碎片。

「……首先，我們最好趕快從這裡出去。」

房間裡散發著絕對不會錯認的血腥味。

希莉絲也有同感，於是點了點頭。

在房門的另一端，能隱約感受到異能的氣息。如果他們的目標不在這個空間，那麼就沒有必要停留太久。

嘎咿咿……

兩人輕輕將門推開，雖然想過門也許有上鎖，或是有人會守在前面，結果兩者皆非。

一打開門，濃烈的惡臭便撲鼻而來。更重要的是，遠處似乎有模糊的動靜。希莉絲和伊克西翁停下了腳步。

是監獄嗎？看到分成兩邊的空間各自被鐵柵欄阻隔，伊克西翁心中浮現這種想法。

隨後，他突然想起不久前看過的場景，意識道這裡說不定是飼養動物或怪物的地方。觀察著四周的伊克西翁，雙眼變得更加銳利。

鏘啷、鏘啷……

此時，聽起來像是窗框被風吹得搖晃的聲響迴盪著傳來。

吼……

緊接著是野獸低吼般低沉、粗獷的聲音。

「那邊有另一扇門。」

聞言，伊克西翁轉頭望去。就如希莉絲所說，走道底端有另一扇小門。野獸的嘶吼也從那個方向而來，同時還有異能的氣息隱隱流出。於是兩人走了過去。

鏘啷！嘎……

越是接近，竄入鼻尖的氣味便越加難聞。此外，指甲刮擦牆面的聲音、鐵柵晃動的聲音，還有野獸的嚎叫也都越來越清晰刺耳。

「這是……」

前方的景象讓伊克西翁神情一凜。

喀噹！吼……！

或許是看到人而興奮起來，鐵欄內那些東西紛紛露齒咆哮。黑色的膿液沿著腫脹扭曲的畸形身體滴落在地。

舉目所及，全是形似亞美利耶派對上那隻怪物的一隻隻詭異生物。

「這裡到底是什麼地方？」

更加警覺的伊克西翁迅速掃視四周。突然發現在那些怪物之間，好像有什麼東西紅光一閃。

但他還來不及看清那是什麼，有個人便從他右方走出。

「這些鬼東西，飯不是吃得好好的，突然又在吵什麼……」

男人抓著一只髒汙的空桶走來。因為怪物的動靜，他一開始並未注意到那兩個闖入者。雙方對上視線的那一刻，鮮血瞬間在伊克西翁面前飛濺而出。

咚！

額頭被刺穿的男子往後倒下，手中的空桶也落地滾走。

鋒利的荊棘俐落收回，伊克西翁回過頭，看向眨眼間就奪取男子性命的希莉絲。

感受到他詫異的目光，希莉絲說道。

「已經被發現了，只能這麼做。」

那是毫無起伏到冷酷的語調。伊克西翁不禁慶幸，他們之前使用鏡子時都不曾被任何人撞見。

嗚呃……呃……嗚嗚嗚……

也許是察覺到這邊的動靜，距離最近的鐵欄內，一部分的變種怪物出現了反應。牠們發出的聲響聽起來有些像人類結巴的說話聲，讓人感到莫名不舒服。

……給我、這裡……

此時，希莉絲腦中閃過一道微弱的聲音。她眯起雙眼，一瞬間以為是自己的幻聽。

拿來……給我……

但聲音不斷傳來，希莉突然絲意識到，那是這些怪物在說話。

這根本無法以常理解釋，希莉絲卻不意外自己能聽懂怪物在說什麼。

再次出現的荊棘纏住倒在地上的男子屍體，拖到了鐵欄前。

扭曲瘦削的手臂迫不及待地竄出鐵欄，扯起男人的屍體。怪物張開血肉模糊的嘴，以鋒利的牙齒大口啃食。

喀吱、喀吱！喀吱吱……！

伊克西翁看著眼前的景象，一時間說不出話來。

希莉絲率先挪動腳步，朝小門走去。

「等一下，希莉絲……！」

伊克西翁叫住她。希莉絲不知為何異常明亮的金眸看過來，像是知道伊克西翁在想什麼般開口。

「我看牠想報仇，所以才出手幫忙。」

報仇？她的意思是，這些變種怪物具備這種認知和情感？

希莉絲的神情看不出一絲情緒，令人毛骨悚然。雖然感到不對勁，但伊克西翁決定先專注在眼下的狀況。

「妳的異能痕跡會殘留得更久，所以接下來如果有需要動用異能的地方，都由我來做。」

說完，他立即召出異能。黑色碎片分解了希莉絲留下的花瓣，也沖散混雜在惡臭中的香氣。至於男人的屍體……看起來就像餵食物時不慎遭到怪物攻擊，所以沒必要另外處理。

擔心對方會不顧勸阻，伊克西翁決定採取預防行動，上前一步牽住她的手。

牽涉到變種怪物，其實他想多調查一下這個場所，但希莉絲的狀態怎麼看都不對勁，他們最好還是先離開。

希莉絲只是垂眸看著握住自己的手，沒有甩開伊克西翁。就像走在四季之森的濃霧中那樣，兩人牽著手前行。

考慮到這裡的陰森氣氛，他們意外地沒有再遇到其他狀況，打開那扇小門後，來到了一條陰暗無光的走廊。

吼……

身後傳來的嘶吼戛然而止，伊克西翁回頭一看，兩人走出的那扇門竟然消失了。映入眼簾的只有掛著公鹿頭標本的牆壁。剛才關著怪物的地方肯定是某種密室。

伊克西翁發現希莉絲正目光僵硬地看著那顆被斬下的鹿頭，看樣子不像是因為覺得那標本很難看這麼簡單。

此時，從比剛才更遙遠的地方再度傳來異能的波動，而且感覺似乎越離越遠。希莉絲和伊克西翁對視一眼，立刻把那顆鹿頭拋到腦後。

兩人一面留意四周動靜，一面追趕著異能波動，這次源頭卻反而朝他們靠近。

不久後，走廊前方的左側拐角傳來腳步聲。伊克西翁拉住希莉絲，兩人一起躲進另一條昏暗的走廊。

「再次感謝你對我們施以援手。」

聽到隨著腳步聲傳來的男子嗓音，希莉絲的眼神一變。那分明是里嘉圖的聲音。

由於站位差異，希莉絲比伊克西翁更早認出走出拐角處的那兩人。

「你太客氣了。反正我也只是把空著的別墅暫時借給你而已。」

其中一人是里嘉圖，另一人則是泰爾佐・卡利基亞。

希莉絲把伊克西翁往牆上一推，然後伸手封住了他的動作和視野。

「……」

被困在牆壁和希莉絲之間的伊克西翁，表情變得有些微妙。

希莉絲用手臂限制住伊克西翁，並注視著另一邊的動靜。因為距離太近，她銳利的眼神、高挺的鼻梁和緊閉的雙唇，全被伊克西翁盡收眼底。

伊克西翁為了擺脫現狀而稍微挪動身體，希莉絲反而把上半身牢牢貼著他，讓他無法動彈。

「……」

伊克西翁努力克制自己，希莉絲臉上的血漬卻在這時映入眼簾。應該是從剛才那男人身上噴濺出來的血。

伊克西翁緊緊盯著那抹痕跡，然後抬起手。

希莉絲臉上一暖，她轉過頭，兩人的視線便在極近處互相交會。

伊克西翁動作不停，輕輕摩挲著她的臉頰，想擦去上頭的紅印。

他狡猾地刻意選在此刻這麼做，猜想如此一來，希莉絲或許就不能拒絕他的碰觸。果然不出所料，希莉絲沒有甩開他的手，安靜地一動也不動。

突然間，伊克西翁愣住了。雖然大概只是錯覺……但希莉絲好像將臉貼進了他的掌心。那真的只是一閃而逝的感覺，還不等伊克西翁反應過來，伴隨著經過的腳步聲，又有一道不陌生的嗓音傳來。

「就算是這樣……你也是如此周到地為我和我的家人安排了棲身之所。」

希莉絲和伊克西翁追蹤著的異能波動也跟著聲音移動。

「要不是有你幫忙，現在我和家人就無處可去了。」

「不用客氣，你想在這裡住多久都可以，請好好休息。」

兩名男子就這樣一邊交談，一邊遠離希莉絲和伊克西翁躲藏的拐角。

在重歸寂靜的走廊上，伊克西翁低聲詢問。

「要跟上去嗎？」

希莉絲放開扶著牆的手。伊克西翁也在這時才放下停留在她臉頰上的手。

「不，我們還是回去吧。」

兩名男子離開後，異能的痕跡也隨之散去，繼續留在這裡也沒有意義。他們這次要找的物品似乎就在這兩人手上，只是不知道屬於誰。

希莉絲也大概能猜到這是什麼地方，所以沒有必要現在追上去。

「妳先走。」

聽見伊克西翁這麼說，希莉絲愣了一下。

伊克西翁打算再調查一下這個地方。剛才發現的變種怪物還需要進一步調查，而且這個地方不知為何帶著一股觸動他五感的熟悉感。

如果可以，伊克西翁也想把希莉絲在找的東西一併弄到手，但他無法確定經過走廊的那兩名男子是誰。這是因為伊克西翁平時對旁人漠不關心，根本無法靠細微的交談聲推測聲音的主人。

不過，那兩人經過時，走廊上分明縈繞著他隱約覺得熟悉的香味。因此，伊克西翁決定先送希莉絲回去，自己則留下來調查。

「最重要的是讓妳先離開這裡，我們移動到別的地方吧。」

伊克西翁牽著希莉絲往前走，這裡莫名讓人感到危險，所以他想盡快將希莉絲送回去。而想回伊諾亞登宅邸，就必須先到找可以隱蔽使用異能的地方，或是離開這棟別墅。

幸運的是，這次在走廊上移動的期間，沒有再意外遇到任何人。就好像整座宅邸空無一人般，總覺得有些淒涼。

不久後，伊克西翁找到了一個適合的地方。那是某扇小門後一座繁花盛開的後院。

「妳先回去，剩下的痕跡我來抹除。」

希莉絲卻緊緊抓住伊克西翁，她的異能瞬間籠罩彼此。

月光下，希莉絲的金眸燦然發光。看出她打算做什麼的伊克西翁才要開口，但希莉絲沒有給他說話的機會，直接帶著他一起移動。

再次睜眼，兩人已身處伊諾亞登的庭院。伊克西翁在令人暈眩的甜蜜香氣中踉蹌後退。

「伊克西翁。」

但是就像慶祝宴會那時一樣，希莉絲抓住了他的手，使他無法遠離。

「這次找東西的事我一個人做就好，你不要插手。」

平淡的嗓音傳入染上熱意的耳中。

「今天謝謝你幫我，先回去休息吧。」

說完這些之後，希莉絲放開了伊克西翁，率先離開庭院。伊克西翁抱著無法分辨的混亂心情，望著她遠去的背影。

「伊諾亞登前家主的身體狀況如何？」

「感謝你的關心，他很快就會康復。」

「如果是這樣就好了。那麼，加百列小姐呢？」

「加百列出門了。」

「原來如此。」

安靜的走廊上響起輕緩的腳步聲。

里嘉圖瞥了一眼旁邊的人。泰爾佐．卡利基亞像往常一樣，帶著溫和的神情向前走。

剛才里嘉圖對他表示的感謝是真心話。泰爾佐收留了被希莉絲掃地出門而無處可去的里嘉圖和他的家人，為他們準備了這樣的臨時居所。當然，伊諾亞登家也有這種別墅，不過如今那些都是屬於希莉絲的產業。

家族長老早就不再往來，而旁系親戚也全都看著希莉絲的臉色行事，把他們拒之門外。可是，里嘉圖也拉不下臉去尋求平時有交情的伊諾亞登附庸家族的幫助。

狄雅各和里嘉圖已經被旁系親戚無情拒絕，實在無法承受再遭到附庸家族的排斥。

那一晚，里嘉圖強打精神去接回加百列，但一行人直到深夜都無處可去。再這樣下去，只能在路邊過夜了。重傷的狄雅各派不上用場，加百列則哭著要里嘉圖回去向希莉絲求情。

里嘉圖這輩子第一次遇到這種難解困境，焦頭爛額又不知所措。隨後，他突然想到在慶祝宴會上遇到的那個人。

「需要幫助的話，請隨時來找我。」

於是里嘉圖便先請加百列照顧狄雅各，然後動身前往卡利基亞家。一開始他還猶豫不覺地在大門前來回踱步，但泰爾佐．卡利基亞主動走了出來。他似乎知道了里嘉圖的情況，直接表示要把別墅借給里嘉圖，並為他叫來公用馬車。狄雅各、里嘉圖和加百列這才得以逃過露宿街頭的命運。

「那個，不過……」

過了幾天後的今天，泰爾佐親自來到借出的別墅。但狄雅各因為健康惡化而無法下床，加百列則是一大早出門後，至今杳無音信，所以只有里嘉圖作陪。

「你怎麼了？」

聽見里嘉圖猶豫的聲音，泰爾佐回頭問道。

「不，什麼事都沒有。」

里嘉圖還是把想說的話吞了回去，改口道。

「對了，剛才我發現這掉在了房門前。」

說著，他拿出了放在口袋裡的東西。

看到里嘉圖手中的鑰匙，泰爾佐的嘴角緩緩勾起。

「看來是管理員不小心遺失了。」

對方取走鑰匙的指尖十分冰涼，里嘉圖不禁抖了一下。他下意識看著回到泰爾佐手上的鑰匙。

「你現在應該身心俱疲，先什麼都不要多想，好好休息吧。」

擦過耳際的嗓音，莫名讓里嘉圖頸後泛起一絲涼意。

「只要注意不要誤闖之前告訴你的那個地方，其他部分你們都可以自由使用。」

「好的，謝謝。」

里嘉圖扯著僵硬的唇，露出不自在的微笑，心情複雜地糾結著。

……其實他很想問清楚，為什麼泰爾佐要把別墅借給無處可去的他們？他的這份好意又有什麼代價？另外，泰爾佐特別囑咐禁止出入的地方，隱約散發出惡臭的原因到底是什麼……

但是里嘉圖同樣有一股不祥預感，感覺若是真的將這些問出口，有些重要的事物將再也無法挽回。於是他將凝結在心中的疑問吞下肚，繼續向前走。

颼颼……

不知從何處吹來的風熄滅了牆上的幾盞燭火，走廊頓時陷入一片黑暗。不知道是不是因為這樣，感覺就像走進了無邊無際的黑洞。

「也該放棄了吧？」

夜色漆黑，站在月光下的男人歪著頭露出微笑。

「你撐得比我想像中的還要久啊，大哥。」

「咳呃……」

「不過，我還是稍微對你刮目相看了。」

在入口被堵起，不讓其他人靠近的房間裡，只有克里斯蒂安和戈提耶兩人。

克里斯蒂安抬起沾滿鮮血的皮鞋，踩住倒在地上的男子背部。

戈提耶遍體鱗傷，鮮血淋漓。相較之下，克里斯蒂安還算儀表得體。當然，這只是因為他沒有不雅觀地親自動手。

對於如何分辨力量高低，擁有異能的四大家族都有自己的方式。相較之下，眼下這種做法顯然格外殘忍和狠毒。不過要壓制戈提耶，沒有比這更有效的方法了。

克里斯蒂安腳下傳來充滿痛苦的呻吟。

「咳……為、為什麼……」

聽到渾身是血的戈提耶好不容易說出的話，克里斯蒂安緩緩眨眼。

「好問題。」

稍早，克里斯蒂安率領一眾帕爾韋農支持者闖入戈提耶的書房，要求他舉行家主繼任儀式時，這人明明叫囂著他早知道克里斯蒂安會反咬一口。現在還在問為什麼，實在非常可笑。

「如果告訴你這都是命中註定，肯定會被你當成胡說八道。」

克里斯蒂安也知道聽起來很裝模作樣，不過這都是真心話。現在他甚至有種自己必須做的事終於如願以償的輕鬆感。

「其實最近每次見到大哥，心中都會莫名湧起一股衝動，讓我非常為難。」

戈提耶的手微微一動，像是要趁他分心說話時發動反擊。但克里斯蒂安只是勾起嘴角，猛然踩斷那隻手。

「我也不確定那究竟是什麼。」

聽著腳下爆發的一聲慘叫，他泰然自若地接著說。

「該說是類似你當面摧毀我珍藏之物那時的感覺嗎？或者……」

克里斯蒂安那雙噙著月色的紅眸閃出冷光。

「應該說，每次見到你那張臉都讓我怒火中燒，只想勒住你的脖子。」

只聽砰一聲，沾了血跡的皮鞋踹向戈提耶的頭。

「所以，你要繼續硬撐下去嗎？」

已經被克里斯蒂安折磨到不成人形的戈提耶，再也做不出像樣的反擊，只能不停呻吟著在地上蠕動。

克里斯蒂安已經給了他選擇權。是要就這樣死去，然後被剝奪家主頭銜，還是憑自己的意志讓出家主之位換取活命？為了讓他盡快做出決定，克里斯蒂安甚至還親切地推他到死亡的邊緣。

「我以為如果是你，會選擇像個死人般低調地苟且偷生。」

克里斯蒂安冷笑著說道。

「畢竟你是個懦夫。」

在今晚夜幕消散、黎明升起前，克里斯蒂安就會拿到自己想要的東西。有如既定的命運，克里斯蒂安莫名有股強烈的預感，覺得事情一定會變成那樣。

眼前甚至能見到勝利女神的幻影，擁有一雙金眸的女神露出微笑，正向他伸出手。

克里斯蒂安感受著內心沸騰的貪欲，嘴角勾起更深的笑意。

直到再次見面之前，每個夜晚都太過漫長。

那天晚上，伊克西翁輾轉難眠。

其實，光是與希莉絲身處在同一座屋簷下，就足以讓伊克西翁難以入睡。再加上他還沒找出通過鏡子前往的地方是哪裡，以及那股熟悉感又是怎麼回事，就這樣返回了伊諾亞登宅邸。這一切都讓今天的失眠成為理所當然的結果。

在那個地方看到的人，其中一位就是里嘉圖．伊諾亞登嗎？伊克西翁望向布滿星辰的夜空，默默回想著。這是在看到希莉絲的反應，又聽到那兩名男子低聲對話的內容後，他自行推測出來的。

或許就是因為這樣，希莉絲才要他別插手。

但是，如果那真的是里嘉圖．伊諾亞登，為什麼他會出現在暗中飼養那些變種怪物的地方？還有，把那棟別墅借給他暫住的人又是誰？

伊克西翁瞇起雙眼，窗外的夜色如同思緒般越來越深。

就在遠處的天空漸漸浮現魚肚白之際，伊克西翁突然意識到，在那條漆黑走廊上聞到的味道，是他從小就聞習慣的藥草菸香。

在那之後的一段時間，希莉絲都沒有再使用鏡子。知道伊克西翁十分在意那天的事，她決定暫緩尋找王之氣息。

於是今天，希莉絲一個人來到了王宮。

她站在第九十九扇拱門前，伸手觸摸結界，只見透明的簾幕上盪起波紋。

希莉絲的眉頭微微蹙起。她還以為或許能獨自進去，原來還是不行。

連伊克西翁的寶石也吞下肚的希莉絲，力量變得比以前更強。既然這也是王的神性，吞下後或許就可以獨自通過結界進入四季之森，然而這種想法果然是徒勞的期待。

希莉絲看著結界另一頭灰濛濛的濃霧，陷入了苦惱。

這時，身後出現了接近的腳步聲。

「妳好，希莉絲小姐。」

溫柔迷人的嗓音傳來，希莉絲轉身一看，一名身穿黑衣的俊美男子映入眼簾。

來者正是克里斯蒂安・帕爾韋農，他帶著一貫的微笑，周身的氣場卻不同於以往。

這是兩人在慶祝宴會後首次見面，克里斯蒂安凝視著希莉絲，微笑著開口。

「今天只有妳呢，貝勒傑特家主沒有同行嗎？」

希莉絲沒有回答。

對於熟悉的無視，克里斯蒂安沒有不悅，只是輕輕笑了。

「這麼說來，我聽說了伊諾亞登家的消息。據說妳在慶祝宴會之後，就把那些沒用的閒雜人等都處理掉了。」

克里斯蒂安・帕爾韋農的韌性果然不容小覷。希莉絲對此依舊厭煩，今天卻沒有立刻離開，是因為她在克里斯蒂安身上感受到不一樣的力量。

希莉絲目光冰冷地盯著他，緩緩啟唇。

「說重點。」

從此人身上感受到的異能與過去不同。

「你不是有話要對我說才來這裡的嗎？」

那分明是屬於家主的力量。

希莉絲一開口，克里斯蒂安的眼中便閃過一道異樣光彩。

「還記得慶祝宴會上，我們之間的對話嗎？」

男人嘴角的笑意更濃了。

「我說過……」

他看著希莉絲低語。

「我會獻上帕爾韋農，以示我的愛。」

搖曳著奇妙熱度的紅眸倒映出希莉絲的身影。

「如果我對妳有了一些用處呢？」

「這樣妳就會看著我，而不是伊克西翁．貝勒傑特嗎？」

他前來討要報償，全然忘了當初希莉絲什麼都未曾許諾他。

希莉絲的唇角淺淺勾起，發出一聲冷笑，凝視克里斯蒂安的目光無比冷淡。

克里斯蒂安．帕爾韋農，誤以為自己是獵人而送上門來的獵物。

雖然幾天前希莉絲還不願理會他，不過現在的克里斯蒂安就像他自己說的，對她有了些用處。而且，他正好在關鍵的時候出現。

「克里斯蒂安．帕爾韋農。」

很好，如果他這麼想要被利用……

「過來。」希莉絲命令道。

她的目光如刀鋒，聲音也十分冷淡，克里斯蒂安卻在那一刻感到一股顫慄。

「靠近一點。」

他被前所未有的強烈喜悅吞噬，展顏笑了，甚至不知道眼前並不是美麗的花朵，而是日後會將自己燃燒殆盡的火花。

不過就算知道了，克里斯蒂安的選擇也不會改變。

同一時間，伊克西翁正在貝勒傑特宅邸。他雖然留宿在伊諾亞登家，但不代表他整天都會待在那裡。

「報告重點。」

伊克西翁聽著副官累積已久的報告。

包括施萊曼在內的幾名族人，調查了日前的怪物襲擊事件。關於亞美利耶派對上的意外，雖然沒有找到亞美利耶家與變種怪物之間的關聯，卻查到事發當時消失的那幅畫作，原本是屬於王宮之物。

亞美利耶家主坦承自己本來就熱愛收藏骨董，偶然在王宮見到那幅畫之後便深受吸引，於是神不知鬼不覺地偷走了。後來經過詳細調查才發現，別館的其他收藏品中，絕大多數都是非法獲得的物品。

聽到這些，伊克西翁冷冷一笑，沒想到竟意外揭開了亞美利耶家的非法勾當。

就這樣，在大致處理完公務後，伊克西翁從座位上起身。

「那個……家主，您打算什麼時候回來？」

伊克西翁淡淡地回答：「我也不知道。」

副官壓抑住想吶喊「怎麼會不知道」的衝動，勸說道。

「家主不在，貝勒傑特家就無法正常運作。」

「我應該沒有把你們培養成那麼無能的人。」

伊克西翁意識到副官即將開始長篇大論，便迅速打斷。

「如果沒有可靠的副官們，我也無法這麼安心離開。」

伊克西翁的手落在副官的肩膀上。

「今天一見，也覺得你的辦事能力一天比一天優秀，果然值得依靠。」

副官的雙眼瞪得圓滾滾的。雖然從吝於稱讚的家主口中聽到這種鼓勵，實在是受寵若驚，但一想到自己的努力有被看在眼中，內心便一陣激動。

「謝、謝謝家主，您過獎了……」

「所以，再麻煩你費心一段時間吧。」

伊克西翁如是說道，留下沉浸在感動中的副官逕自離去。等副官察覺不對勁時，伊克西翁早已不見人影。

離開貝勒傑特宅邸的伊克西翁沒有立刻前往伊諾亞登家，而是去見了他的母親——芝諾。

「是什麼風把你吹來了？」

芝諾退位後和丈夫一起離開貝勒傑特家，在他處另外過著自己的生活。

「無情的兒子居然主動來找我，明天太陽應該會從西邊出來。」

他們的愛巢雖然不像貝勒傑特宅邸那樣豪華，卻是別有一番風味的溫馨住所。不過那不是芝諾偏好的風格，而是丈夫的喜好。

「父親不在家嗎？」

伊克西翁到訪時，只看到芝諾一個人在外面曬著日光浴。

「他出門了，因為我突然想吃薄荷軟糖。」

也就是說，為了買妻子芝諾想吃的東西，父親沒有吩咐傭人，而是親自外出跑一趟。

這種事已經見過太多次，伊克西翁不怎麼在意，逕自斜坐在緊挨著芝諾的椅子上。

當然，他並沒有徵求芝諾的同意。

芝諾半躺在庭院的長椅上，用手托著下巴凝視著伊克西翁。

「你，談戀愛了嗎？」她毫無預警地如次問道。

伊克西翁的嘴角扯出歪斜的微笑。

「怎麼突然說一些莫名其妙的話？」

「對方是伊諾亞登家主？」

伊克西翁挑起眉，語氣不滿地詢問。

「長老們又在吵什麼了嗎？」

「沒有。」

伊克西翁擔心希莉絲出現再貝勒傑特宅邸的事，讓長老們有機會說三道四。芝諾雖然打消了他的多慮，但接下來的話卻讓他不知道該做出什麼樣的表情。

「從剛才開始，你身上就令人臉紅地散發著伊諾亞登的花香。」

「……」

「雖然和狄雅各．伊諾亞登很相似，卻是他無法比擬的馥郁香氣。這麼強烈的力量痕跡，現在我能理解長老們大吵大鬧的原因了。」

「……」

「但是那個孩子……她的獨占欲算是很強烈的那種嗎？居然毫不掩飾地在你全身上下留下她的標記。」

芝諾繼續說著，而伊克西翁越來越難找到適合的回應。

芝諾的雙眼噙著笑意，慢慢瞇成一條線。

「我很滿意。哪天我也想近距離看看她。」

看來芝諾完全誤解了兩人的關係，她的臉上浮現出難得一見的興致。

伊克西翁不怎麼開心地意識到一件事——所以今天見到的人，都是用那種眼神在看他？

回想起來，不論是剛才在貝勒傑特宅邸，還是現在來到芝諾的別墅，每個遇到他的傭人果然都用奇怪的眼神打量他，並露出微妙的表情。

是因為自己這段時間都生活在伊諾亞登家，緊緊黏在希莉絲身邊的關係嗎？還是因為不久前和她一起移動的時候，受到力量的直接影響？伊克西翁沒想到自己居然會沾染上伊諾亞登的花香。

被芝諾點破後，伊克西翁集中了感覺，果然在自己身上感受到了希莉絲的香氣。或許是在伊諾亞登家生活的這段時間裡稍微適應了，伊克西翁居然對此毫無所覺。

他的心情微澀。芝諾選擇的用詞並不是很激烈，反而更讓他難堪。屬於她的標記或獨占欲……希莉絲絕不可能為此在他身上留下香氣。

「並不是那樣，所以妳不要胡思亂想。這些話也不要在其他地方說，不然對伊諾亞登家主太失禮了。」伊克西翁為了消除芝諾的誤會，果斷說道。

「哼嗯……我不這麼覺得耶……」

他銅牆鐵壁般的防禦，讓芝諾微微睜大雙眼。

「你現在該不會是在害羞？如果是那樣的話，我完全可以理解。」

她像是明白了什麼，嘖了一聲。

「也是，你在這種事情上，比起我更像你父親，絕對是在害羞。」

見對方擅自作出結論後一副懶得理他的態度，伊克西翁皺起眉頭。

「不管妳心裡在想什麼……」他再次警告芝諾，「請不要對她產生多餘的興趣。」

伊克西翁的語調異常冷淡。究竟是為什麼？芝諾說出想要見希莉絲的時候，他心底卻瞬間浮現一股模糊的排斥感。

芝諾也感受到警告中的排斥，歪了歪頭。

「難道我會吃了她嗎？」

「我也不是針對母親。」

伊克西翁這麼說著，率先從椅子上起身。

「要是有人敢動她，不管是誰我都不會原諒。」

見伊克西翁的眼神認真，芝諾也不再捉弄兒子。

「好吧，我不會再提起這件事了。」

「直到父親回來前，我會待在屋裡。」

「請便。」

伊克西翁就這樣拋下芝諾，逕自走進別墅。芝諾的目光在他的背影上停留了好一段時間。

伊克西翁沒有前往傭人為他安排的房間，而是隨意在別墅裡探索。

那天和希莉絲一起透過鏡子前往的不知名地方，他在那裡聞到的分明是芝諾的藥草菸味。

那款藥草菸是芝諾特別訂製的，所以除了她不可能有其他人使用。當然，如果想得單純一點，也可能是伊克西翁聞到類似的氣味而搞錯了，他也將這種可能性考量在內。

幾天前他便指示副官去查狄雅各．伊諾亞登和里嘉圖．伊諾亞登的下落，但今天一問卻還沒有結果。不知道為什麼，尋找他們的行蹤比想像中更花時間。

伊克西翁從走廊的窗戶往外看，芝諾還在庭院中。他趁機仔細查看了別墅的每一處，這已經是名符其實的搜索了。沒想到，在他踏上通往四樓的樓梯時，竟真的感覺到微弱的異能。

伊克西翁停下腳步。難道這裡也有會變成寶石的物品？

他往感應到異能的方向前進，走進了位於四樓中段的房間。

這裡看上去是供人喝茶休息之處，房間正中央的茶几上，有一件物品吸引住伊克西翁的視線。他穿過房間來到茶几前，低頭查著放在桌面上的東西，隨後伸出了手。

「你對那把鑰匙有興趣嗎？」

這時，門邊傳來一道慵懶的嗓音。伊克西翁轉過頭，凝視著斜倚在門邊的芝諾。

「確時感受到一點微妙的氣息。」

芝諾挪動腳步，來到伊克西翁面前。

伊克西翁面無表情地問道：「這是母親的嗎？」

「不是。」

「那是誰的？」

芝諾沒有回答，只是一直看著兒子的臉。她的嘴角浮現謎樣的微笑。

「好吧，這樣好像也很有趣。」

她拿起茶几上的鑰匙。噹啷一聲，細微的聲響迴盪在耳邊。

「這個就送給你了。」

伊克西翁看著遞到眼前的鑰匙，雙眼微瞇。

「這是哪裡的鑰匙，你就自己去找吧。」

他靜靜凝視芝諾的手，片刻後才終於拿起鑰匙。

芝諾轉過身，對他說道：「下樓去吧，你父親回來了。聽到兒子難得過來，他很開心，你也表現一下高興的樣子吧。」

伊克西翁望著芝諾朝房門走去的背影，他垂下手，鑰匙在掌心發出細微的叮噹聲。

隨後，伊克西翁也跟著芝諾走出房間。

拉下戈提耶成為帕爾韋農家主後，克里斯蒂安一平息家族內部的混亂，最先做的事就是來見希莉絲。果然，她遲早會再來王宮的推測是正確的。

「靠近一點。」

希莉絲終於同意讓他站在她身邊。克里斯蒂安沉浸在喜悅之中，握住了希莉絲的手。

在那之後過了大概三十分鐘的現在，他正獨自在濃霧裡徘徊。

「……呵。」

克里斯蒂安不禁發出苦笑。

現在他正在第九十九扇拱門內。光是第一次和希莉絲一起踏入結界，就令克里斯蒂安體會到至今以來最大的滿足感。

他想起上次在自己面前，像是在炫耀般牽起希莉絲．伊諾亞登的手穿過結界的伊克西翁．貝勒傑特。但是今天，希莉絲選擇的不是他，而是自己。顯然她也不一定非伊克西翁．貝勒傑特不可。

終於和那兩人站到同等地位的暢快，讓克里斯蒂安感受到一股自脊髓擴散的酥麻。

但是這股喜悅並沒有持續多久，因為希莉絲一通過結界，就將克里斯蒂安拋棄在濃霧中，獨自失去蹤影。甩開的動作太明確，克里斯蒂安除了自己被「故意丟下」之外，很難找到其他解釋。

難道她和伊克西翁．貝勒傑特進來的時候也是這樣？克里斯蒂安皺著一張臉默默想著。他試圖用異能照亮周遭，但不管聚集再多異能，視野還是一片霧濛濛。

克里斯蒂安硬是吞下口中的髒話，獨自在灰霧中漫無目的地徘徊。可是無論他怎麼走，都找不到出口和希莉絲的影子。

最後他還是不優雅地罵了一句「該死」。

希莉絲一穿過通往四季之森的結界，就立刻放開克里斯蒂安的手。

她依然不知道該怎麼在霧中找出出正確的路。不過就算克里斯蒂安知道方法，她也不想和他牽著手一起前進。

於是，希莉絲放開手，並隱藏起自己的行蹤，暗中觀察克里斯蒂安・帕爾韋農的行動。只見他愁眉苦臉地在霧中徘徊，看來也不知道該怎麼找路。

希莉絲無情地丟下克里斯蒂安，獨自轉身離去。下一刻，至今未曾看過的微弱光絲突然映入眼簾，希莉絲順著那條光絲前進。

不久後，籠罩視野的霧氣便在眼前消散。

是寶石的影響嗎？在響著悅耳鳥鳴的晴朗天空下，希莉絲這麼思考著。

她沿著之前看不到的光絲軌跡往前走，終於抵達了四季之森。這段期間有所不同的，只有自己吞下了蘊含王之氣息的物品化成的寶石。

希莉絲走上鋪滿金黃樹葉而閃閃發光的小徑。像這樣獨自一人走在總是與伊克西翁同行的路上，感覺有點陌生。

在前往文獻保管室的途中，希莉絲的視線不由自主望向一旁耀眼的白色祭壇。但今天沒有帶聖杯過來，於是她沒有停下腳步。

她本來打算查看共用檔案室裡的資料，不過在穿過霧氣時改變了主意。希莉絲走向伊諾亞登家專屬的文獻保管室，一打開門……

唰！

映入眼簾的竟是燦爛奪目的異能細絲，盤踞在書庫的各個角落。有如晨曦和露水形成的絲線閃爍著光芒，橫跨在天花板和書架之間。希莉絲伸出手，輕輕觸碰垂墜在她附近的光絲。

叮鈴！糾纏不清的光絲輕輕晃動相觸，發出鈴鐺般清脆的聲響。

該拿這些絲線怎麼辦？希莉絲腦中浮現似懂非懂的感覺，她釋出異能，試著拉動幾根從天花板垂下的絲線。

噹啷……噹啷啷……

比剛才更雄壯的聲音響起，耀眼的光芒在視野中跳舞。

在一連串輕脆聲響中，書庫內的空間開始重新構築。牆壁和書架上出現了裂縫，空間的碎片如蛻皮般掉落，再由異能形成的絲線重新縫合，重組出完全不同的書庫。

希莉絲試著移動其他光絲，同樣的情景便再次出現。每當她移動異能形成的絲線，伊諾亞登的文獻保管室就會轉變成不同的空間。

雖然不知道原本打開密室的方法是什麼，但是這樣更簡單。

希莉絲對吸收寶石之後可以做到的事感到滿意。她深入書庫，現在是時候查看那些伊諾亞登祕藏至今的文獻了。

「您回來啦？」

「是的。」

伊克西翁比希莉絲更早回到伊諾亞登宅邸。管家阿爾弗萊多上前來迎接，並向他致上問候。

「希莉絲呢？」

「家主還沒回來。」

「她出門前有說什麼時回來嗎？」

「家主沒有特別交代。」

「原來如此。」

在短暫的交談後，伊克西翁走上樓梯。周遭的傭人們都懷著微妙的心情看著他的背影。畢竟伊克西翁是如此理所當然地回到伊諾亞登宅邸，詢問管家他們家主——希莉絲的去向時，態度更是毫不見外。

現在傭人在一定程度上也習慣了伊克西翁的存在，即使在宅邸中看到他，也不會再感到驚訝。這也代表伊克西翁正在迅速融入伊諾亞登家。

他回到房間換了衣服，看著從芝諾手裡拿來的鑰匙。回想起兩人的對話，伊克西翁的目光緩緩斂下。

這是相當重要的東西，無法隨便放在房間裡，於是他把鑰匙收進貼身口袋，這才離開房間。

伊克西翁本來想用異能直接去找希莉絲，但總覺得她會不高興，最後還是打消了念頭。他也擔心希莉絲又用鏡子跑去了發現變種怪物的地方，但很快就否決了這個可能性。

這次要找的東西肯定是被某人帶在身上，希莉絲的行動也因此謹慎起來。所以如果時間是半夜還不好說，但在光天化日的現在，她不可能跑去打草驚蛇。

於是，伊克西翁決定在宅邸內探索，打發時間。儘管他只是伊諾亞登家的客人，不過主人希莉絲並沒有限制他的活動範圍，所以四處看看應該也沒關係。

伊克西翁首先前往的地方，是狄雅各的臥室。

在他住進這座宅邸的那一晚，就是在這裡見到了希莉絲。少了一面牆的房間空空蕩蕩，除了荊棘之外沒有留下任何東西。所以，原本在書架後方的密室也一覽無遺。

伊克西翁走到密室前，當他看向漆黑的空間一角，眼前瞬間掠過一道模糊的殘影。

不知為什麼，這讓伊克西翁頭皮發麻，總感覺好像在很久以前看過被關在這裡的希莉絲。他不知道那只是單純的錯覺，還是真有其事。

伊克西翁在狄雅各的臥房待了一段時間，才回到走廊上。接著，他又參觀了幾間房間，最後來到一間地上撒滿書籍的房間。

「原來如此，這裡是書房嗎？」

書房也被荊棘覆蓋，書櫃全被推倒在地，甚至解體碎裂，書籍散落在地。雖然傭人們每天都在整理亂糟糟的宅邸，不過由於人數驟減，收拾進度相當緩慢。可能就是因為這樣，這間書房才會依然慘不忍睹。

伊克西翁踏進書房，隨便撿起一本掉在地上的書。他好奇伊諾亞登家會收藏什麼文獻，於是打開手中的書，打算這裡待到希莉絲回來為止。

埋首查看伊諾亞登書庫文獻的希莉絲抬起頭。

「現在幾點了？」

她突然想起這個問題，拿出懷表一看，才發現不知不覺已經是下午六點半了。

「我今天要回一趟貝勒傑特家。」

希莉絲想起出門前偶然遇見的伊克西翁對她說的話。

「我會準時回來，希望能和妳共進晚餐。」

希莉絲收起懷表，低頭看著手中的文獻。其實根本不必在意伊克西翁的那些話，因為希莉絲也沒有答應什麼。相較之下，更重要的是多翻幾本終於可以閱覽的伊諾亞登祕密文獻。

所以她決定再停留兩小時，繼續目不轉睛地閱讀眼前的文字。

但是僅僅過了二十分鐘左右，只聽啪一聲，某人關上門離開的聲響在安靜的書庫內輕輕迴盪。

在克里斯蒂安踏入通往四季之森的結界之後，經過了很長的一段時間。他就像被迷宮困住了，至今仍在濃霧中漫無目的地遊走。

「克里斯蒂安．帕爾韋農。」

「……！」

此時，獨自消失無蹤的希莉絲再次出現在他面前。

「希莉絲小姐，妳……」

克里斯蒂安暗自咬牙。暴怒和喜悅同時湧出，讓他不知道該做出什麼樣的反應。

「妳一個人究竟都跑到哪裡……」

「跟我來。」

希莉絲只是簡短地這麼說，便率先向前走去。

克里斯蒂安皺起眉頭，緊緊跟在她身後。突然消失後又突然出現，只對自己說了一句「跟我來」就逕自出發。明明就在這片寸步難行的迷霧中無情地拋下他，希莉絲的態度實在太過淡然。

「……妳是去找路了嗎？」克里斯蒂安不確定地問道。

希莉絲並沒有回答。不過，每當他在濃霧中看不清她的背影時，雖然會對他投以厭煩的目光，對方卻還是放慢了腳步。

看到這樣的希莉絲，克里斯蒂安覺得也許是自己誤會了。在體感上，他似乎獨自在濃霧中徘徊了很長的時間，但是實際上或許並非如此。

而且，希莉絲剛才是故意拋下他的想法，說不定也是多餘的懷疑。

「結界裡的霧比我想像的還要濃。從外面看的時候，還以為只是用來遮住入口而已。」

「……」

「這是我第一次進入四季之森，所以在妳看來，可能會覺得我不太可靠。」

「……」

「……希莉絲小姐，現在妳應該是真的知道路吧？」

克里斯蒂安滔滔不絕地說著，但希莉絲一次也未曾開口，結果就變成他在自言自語。

就在克里斯蒂安感受到耐心的極限時，前方總算出現了光明。眼見終於能脫離霧氣抵達四季之森，他再次壓下心中的燥意。

就在那時，希莉絲抓住他的手腕。

「……」

或許是因為絕大部分視野受到霧氣干擾，所有的神經都集中在觸覺上。克里斯蒂安低頭看著被希莉絲觸碰到的地方，總感覺心中有點癢癢的。

就在這時，兩人走出了霧氣，但眼前的光景和克里斯蒂安預期的不同。

「這裡是四季之森嗎？」

他打量了四周一圈，皺起眉頭。

「不管怎麼看，這都和門外的景色一模一樣……」

然而還是有一點不同之處，原本高掛的太陽已成為一輪緩緩西下的夕陽。

希莉絲就像丟掉髒東西一樣，甩開克里斯蒂安的手。察覺到自己被當成穢物對待，克里斯蒂安表情變得十分僵硬。

「希莉絲小姐……」

「明天，同樣的時間。」

颼颼颼！

希莉絲甚至沒有給克里斯蒂安說完話的機會，隨即掀起一陣異能風暴，一眨眼就離開了。被留在飄揚花瓣和濃郁香氣中的克里斯蒂安，只能瞪大雙眼。

「呵……」

隨後，克里斯蒂安發出尖銳的冷笑。

說真的……他有生以來還是第一次受到這種對待。當然，克里斯蒂安並不認為希莉絲會馬上以親切的態度對待他，但即便如此，自己受到的待遇還是有點過分了。他今天見到希莉絲後，就只是在濃霧中漫無目的地徘徊。

克里斯蒂安皺眉凝視著希莉絲消失的地方。片刻後，他抱著龜裂的自尊心，捲起冰晶風暴離開了王宮。

伊克西翁感受到希莉絲的力量，目光從正在閱讀的文獻移向窗外，不知不覺間已然晚霞遍布的天空映入眼簾。

伊克西翁起身下樓。

「希莉絲呢？」

他向偶遇的管家詢問了相同的問題，隨即得到恭謹的回答。

「家主不久前回到宅邸後，立刻就進房了。」

「她有找我嗎？」

「家主一返回便向人確認貝勒傑特家主是否已回到宅邸。」

「好，我知道了。」

伊克西翁禮貌地稍等了片刻，這才走上樓梯。正當他站在房門前想要敲門時，換好衣服的希莉絲率先開門走了出來。

「希莉絲。」

她已經察覺到伊克西翁來了，所以看到站在門口的他並不驚訝。

「這是從哪裡拿來的？」

即使希莉絲問得沒頭沒腦，伊克西翁也知道她指的是什麼。希莉絲似乎也能從他口袋中的物品上感受到異能的氣息。

「今天出門拿到的。」伊克西翁如實道，隨後又補充，「既然說到這個，有件事我想提前請求妳的諒解。如果可以，這個東西可以讓我留著一段時間嗎？」

因為還沒調查清楚，伊克西翁不打算現在告訴希莉絲有關芝諾的事。

希莉絲默默凝視著伊克西翁。如果能感受到異能的氣息，確實不必透過鏡子也能找到其他神器。不管那是什麼，一定也會在希莉絲的觸碰下化成寶石，所以那應該是現在消失會讓伊克西翁困擾的東西。

「這是你拿回來的，為什麼要徵求我的同意？」

「反正是要給妳的，就等於屬於妳。」伊克西翁毫不猶豫地回答道。

雖然是非常奇怪的邏輯，不過他卻表現得理所當然。

如果那件物品是放在伊克西翁身上，對希莉絲來說，就代表在任何情況下都不用擔心丟失。而且那是他拿來的東西，該何去何從本來就不是希莉絲能置喙的事。

不過，如果伊克西翁直到最後都不打算給她，希莉絲也可以找機會強行搶走。只是伊克西翁一直以來都很配合她，所以沒有必要那麼做。

「隨便你。」

希莉絲先移開視線，直接從伊克西翁身邊走過。

「感謝妳的諒解。」

伊克西翁跟上希莉絲，與她並肩前進。

「妳現在要去餐廳嗎？」

希莉絲不發一語，雖然意識到落在側臉上的視線，但依舊直視前方。

把這當作默認，伊克西翁歪著頭低聲說道。

「看來妳也還沒吃晚餐。如果是因為我說過的話，我會很高興。」

「我不知道你在說什麼。你什麼時候對我說過什麼話了？」

如往常般清冷的音色響起。伊克西翁低頭看著希莉絲的側臉。

「**又在說謊了**。」

此時，希莉絲心裡再次出現那聲竊竊私語。她微微皺起眉頭。又吸收了一顆寶石之後，傳入耳中的私語聲也變得更加清晰。不僅如此，像現在這樣和希莉絲搭話的次數也大幅增加。

「**妳並不想傷害他，其實想溫柔地對待他**。」

「**直接承認還比較輕鬆**。」

當然，希莉絲無視那些聲音，彷彿什麼都沒聽見。

「**如果一邊對他那麼冷淡，一邊卻又放不下心，不如乾脆對他實話實說**。」

下一句像是挑釁的話，讓希莉絲的手不禁一抖。

「**反正妳在說謊的事也被發現了**。」

……什麼？

就在這時，靜靜望著希莉絲的伊克西翁不知為何輕輕笑了。

「好吧，不記得也沒關係。那我們就去餐廳吧。」

希莉絲皺起眉頭，抬頭看向伊克西翁。但是他沒有再說什麼，只是帶著比剛才好了許多的心情向前走去。

希莉絲停下了腳步。伊克西翁回頭看向她。

「怎麼了？」

兩人視線相交，希莉絲緩緩斂下目光。

「沒事。」

希莉絲再次邁步前進。她此生的目標依然沒有改變，如果此時此刻通往死亡的道路在眼前開啟，希莉絲會毫不猶豫地走上去。可是現在自己為什麼……

不知不覺間，從心底傳來的竊竊私語安靜下來。但希莉絲耳邊仍縈繞著「皆如妳所願」的呢喃。

那就像一陣悄悄弄濕衣服後便消失無蹤的細雨，正慢慢滲入希莉絲體內。

狄雅各．伊諾亞登做了一個夢。

「父親，雖然您可能很難相信，不過現在這一刻，我已經反覆經歷第四次了。」

那是個光怪陸離又詭異的夢。

「我……覺得很害怕。父親，這真的是能把我的異能轉移給哥哥的藥嗎？」

出現在昏暗視野中的人影，分明是他的女兒——希莉絲，她卻不停說著他聽不懂的話。但是隨著夢境不斷延伸，狄雅各的身體開始冒出更多冷汗。

「父……父親……！求你不要這樣，求求你……」

就某種意義來說，他現在正做著噩夢。

「不、不要，我不要，父親！我錯了。」

從求饒、哀號進展到哭喊的聲音越長久，狄雅各發出的呻吟也越大。接著，場景又發生了變化。

「為……什麼？為什麼……」

這一次，希莉絲也在哭泣。不過，不是像剛才那種恐懼和劇痛的悲泣，那雙流著淚的眼睛一片空無，讓狄雅各不禁一窒。

「您……您就這麼……厭惡我嗎……？」

淚水順著蒼白瘦削的臉頰流下，沾濕了狄雅各的手，而後滑落在地。直到此時，狄雅各才意識到自己正掐著希莉絲的脖子。

正當他感到一陣寒意竄上背脊，滴落在手上的淚水瞬間轉紅，冰霜般的嗓音緊接著貫穿狄雅各的身體。

「厭惡到要這樣掐死我嗎？」

「嚇！」

狄雅各渾身一顫，從夢中驚醒。粗重的喘息聲震耳欲聾，整顆頭痛到像要裂開了。

「父親！您沒事吧？」坐在床邊的里嘉圖關心地問道。

自從離開伊諾亞登，狄雅各便高燒不退臥病在床。泰爾佐借給他們暫住的別墅裡，只有兩名幫忙做雜務的傭人，所以里嘉圖只能親力親為照顧狄雅各。

「不可以，不行……」狄雅各依舊發著燒，現在甚至開始胡言亂語。「那樣……不行……」

「父親？」

床上的人呢喃了幾句讓人難以理解的話，隨即又像失去意識般昏沉睡去。

里嘉圖心煩意亂地看著那樣的狄雅各，然後為了讓傭人換掉臉盆裡的水，起身離開房間。

隔天，希莉絲再次前往王宮。

出門前，她翻了翻累積了幾天的信件，其中有來自卡利基亞家的信。一封的寄件人是維奧麗塔，另一封則是馬格。

維奧麗塔寄來的是小心翼翼詢問近況的問候信，馬格的信上則大篇幅稱讚慶祝宴會上的希莉絲有多帥氣，又靦腆地邀請她來卡利基亞家看看自己。從明顯的溫度差異來看，維奧麗塔已經聽說了伊諾亞登家的消息，馬格則一無所知。

希莉絲回信自己近期內會拜訪卡利基亞家。這次，她打算去確認泰爾佐手上有沒有蘊含異能的物品。

希莉絲不久前又自己跑了一趟和伊克西翁一起去過的別墅，但沒有再感受到異能的氣息。所以，散發氣息之物極可能不在里嘉圖身上，而是泰爾佐所有。

於是希莉絲在今天早早來到王宮，正在打量著另一扇拱門。看來昨天在四季之森看到的光絲軌跡，也能在其他地方找到。

她好奇地輕碰一下光絲，眼前的景象瞬間改變。不像四季之森的書庫那樣是空間重新建構、露出隱藏的場所，這些絲線的作用似乎是讓人轉移到王宮內的其他位置。

希莉絲再次用異能撥動眼前閃閃發光的絲線。

只聽啪一聲，眼前的景象又再次發生變化。這次是百花齊放的美麗庭院。

如果找出原理或規則，也能用同樣的方法進入四季之森嗎？希莉絲認真思考著。

「希莉絲小姐！」

就在此時，希莉絲聽到有人呼喚她的聲音。她轉頭一看，不遠處藤樹下的涼亭，以及涼亭中的人影便映入眼簾。

在五十二支家族中，地位僅次於四大家族的幾名家主聚集在此，其中也有希莉絲熟悉的面孔。

那是附庸伊諾亞登家的佩拉諾和馬里貝爾，還有附庸卡利基亞家的蒙德納家主。

現在正急急忙忙跑向希莉絲的是佩拉諾家主──諾頓。

「實在是太久沒見到您了……幸好您安然無恙……！」

諾頓難掩激動，希莉絲還是第一次看到他如此失態的模樣。

「慶祝宴會之後，我聽到難以置信的消息，於是多次拜訪伊諾亞登家，不過由於宅邸嚴禁出入，所以沒能探望您。為此我實在心急如焚。」

佩拉諾本來就是積極擁戴伊諾亞登的家族，可以想像這段時間發生的事對諾頓造成了多大的衝擊。

「先不說覆蓋宅邸的荊棘和結界，隨即又出現那些沸沸揚揚的謠言，實在是急壞我等了。」

見諾頓一時難以平靜，希莉絲淡淡開口。

「雖然了解你的心意，不過你先冷靜下來，諾頓．佩拉諾。」

帶著奇妙回音的低語，立刻讓諾頓停下所有動作。

「在侍奉伊諾亞登的家族中，最接近神聖存在的佩拉諾，竟是如此容易受傳聞和情緒動搖？」

沒有提高聲音，也不是帶著指責的強烈語調。儘管如此，那淡然的低語還是讓人不由自主安靜傾聽。

希莉絲原本就不曾和顏悅色，但如今更是高不可攀，隱約流露出理應受人膜拜的奇異氣勢，但諾頓和希莉絲都本人沒有察覺到這樣的變化。

聽了希莉絲的話，諾頓終於意識到自己的失態。更何況，這裡也不是單獨會面的場合，其他家族的家主還坐在後面。

「對不起，希莉絲小姐。竟讓您看到我這副蠢笨的樣子。」

在自己服侍的主人面前，這是什麼醜態？諾頓趕緊整收斂舉止和表情，然後恭敬地俯身。

「諾頓．佩拉諾拜見春日之王。」

他沒有忘記剛才無暇顧及的問候。這時，其他家主也紛紛上前，向希莉絲低下頭恭敬地打招呼。

「多明尼克．馬里貝爾向伊諾亞登的主人問好。」

「卡贊．卡帝亞向春日之王問好。」

「吉約爾．凡塞爾向高貴血統的主人問好。」

「黛博拉．蒙德納向伊諾亞登之王問好。」

在場都是將四大家族視為神聖存在的極端保守派，因此對待伊諾亞登家主的態度都與諾頓相似。

不久前，希莉絲還因為諾頓與恩里克的過度尊崇而感到負擔。如今面對一排家主齊齊向她行禮的畫面，她卻沒有特別的感觸。

難道是有佩拉諾父子在前，她這麼快就習慣了？正當希莉絲這麼想著的時候，馬里貝爾家族家主——多明尼克小心翼翼向她搭話。

「我聽說了您日前舉辦繼承祝賀宴的消息，真心祝賀您成為伊諾亞登的家主。」

在慶祝宴會前，希莉絲曾在亞美利耶家族舉辦的派對上和多明尼克・馬里貝爾見過面。與當時相比，他對待希莉絲的態度截然不同。透過這次的慶祝宴會，希莉絲成為家主一事廣為人知，所以他會變得如此恭謹也是理所當然。

繼多明尼克・馬里貝爾之後，其他家族的家主也紛紛出言恭賀。

就在這時，希莉絲突然遠遠感受到帕爾韋農的異能波動，微微皺起眉頭。

克里斯蒂安似乎已經抵達王宮。

那些金色寶石確實蘊藏著神祕的力量，所以吸收之後，就算相隔這麼遠的距離，也能輕而易舉感應到異能。

「聽到那些伊諾亞登家的傳聞，奧斯蒙德想必很擔心吧。」

希莉絲對多明尼克・馬里貝爾這麼說道。她知道他的兒子奧斯蒙德是里嘉圖的摯友。

多明尼克・馬里貝爾瞬間僵住。

「沒有的事。據我所知，里嘉圖少爺和小犬奧斯蒙德確實有一定的交情，不過最近兩人的關係變得疏遠了。」

他的回答仍然沉著冷靜，卻隱約散發一股急切，像是在為兒子的過失辯護。

根據傳聞，希莉絲親自將伊諾亞登家的嫡系掃地出門，多明尼克擔心兒子奧斯蒙德會惹希莉絲不悅。

「而且，那孩子現在因為亞美利耶家族出的事，並沒有餘力去關心其他人。」

過去馬里貝爾家認為里嘉圖是繼承者而和他交好，這種事希莉絲並不打算追究，不過多明尼克似乎自己誤會了。

「畢竟奧斯蒙德和亞美利耶家的海璃歐娜小姐是未婚夫妻。」

希莉絲並未點破或糾正對方的誤會，漫不經心的金眸掃過面前的家主們。

這幾位家主看上去都是極保守派，不過日後在他們之中會出現一名被稱為「叛徒」的人物。那些反感四大家族王者地位的貴族，此時便潛伏在五十二支家族之中。

「這麼說來，蒙德納家主應該也十分在意亞美利耶家的怪物襲擊事件吧。」

聽到希莉絲這番話，她面前的女人抬起頭。

黛博拉．蒙德納擁有和女兒相同的青紫色秀髮及眼眸，而蒙德納家族則在卡利基亞家的附庸中排名居上。

「我有看到柯黛莉亞小姐在怪物面前護住維奧麗塔小姐，幸好她沒有受傷。」

黛博拉．蒙德納微笑著再次低下了頭。

「不，站在侍奉高貴血統之人的立場，這種舉動是理所當然的事。」

明明是值得自豪的事，黛博拉卻表現得極為謙遜，其他家主也紛紛點頭贊同。

希莉絲用冷淡的目光俯視著在她面前俯首的黛博拉。

「希莉絲小姐，如果您不介意，能不能邀請您哪天蒞臨我們馬里貝爾呢？」

此時，多明尼克．馬里貝爾向希莉絲提出了請求。

「如果您願意來訪佩拉諾，我們將竭誠服侍您。」

諾頓．佩拉諾也緊接著開口。

「我們蒙德納雖然不是伊諾亞登家的附庸家族，不過我敢自豪地說，我們對四季之王的忠誠不會輸給其他任何家族。」接下來輪到黛博拉．蒙德納說道，「若您下次也能參加蒙德納家的茶會，將會是我等莫大的榮幸。」

「也請不要忘記我們凡賽爾。」

「卡帝亞也隨時恭候您的來訪。」

這些頂級家族的家主爭先恐後地邀請希莉絲。

就在此時，遠處又一次傳來異能的波動，希莉絲瞇了瞇眼。

這次她感受到的是貝勒傑特的異能，這股強大的力量顯然屬於伊克西翁。而且感應到的位置也與剛才克里斯蒂安．帕爾韋農的異能重疊。

……兩人該不會是碰面了？

其實，就算伊克西翁和克里斯蒂安在王宮相遇，也不是希莉絲該在意的事。即使她今天預計與克里斯蒂安一起前往四季之森的事被伊克西翁知道，那又怎麼樣？

雖然希莉絲這麼認為，但心裡還是莫名有些窒悶。她望向異能波動的源頭，並對家主們開口。

「我還有其他事要辦，先告辭了。」

說完，她捲起了異能的漩渦。濃烈的香氣隨之襲來，幾位家主下意識屏住了呼吸。

隨後，希莉絲的身影便原地消失。

正如希莉絲所推測，伊克西翁也來到了王宮，因為今天是貝勒傑特家召開定期會議的日子。

然而，站在耀眼白色宮殿前的男子，讓伊克西翁停下了腳步。

四目相交的那一刻，兩人同時一頓。不過，那只是瞬間的事，伊克西翁隨即就像沒看到對方一樣，修長的腿繼續大步前行。

「你好，貝勒傑特家主。」

面對如此明顯的無視，克里斯蒂安主動搭話了。

伊克西翁冷冷地打量對方。克里斯蒂安・帕爾韋農……自從上次在王宮偶遇，伊克西翁便一直覺得他是個礙眼的男人。

伊克西翁沒有愚笨到看不出來，對方望著希莉絲的雙眼中蘊含的是何種感情。更別說克里斯蒂安在希莉絲的慶祝宴會上，甚至膽敢親吻她的手背。

至於此時克里斯蒂安對自己暗藏的敵意，伊克西翁根本不放在眼裡。但對方時不時展現的那些對希莉絲癡心妄想的獨占欲和勝負欲，實在令人不悅。

另一邊的克里斯蒂安也同樣不悅。事實上，他在伊克西翁抵達前，心情就已經好不到哪去了。這都是因為過了約定時間卻尚未出現的希莉絲。

昨天的事依然讓克里斯蒂安憤憤不平，因此也考慮過無視希莉絲單方面的指示，今天直接爽約……

但那種心胸狹窄的報復行為實在不是他的處世原則，所以最後還是來了。畢竟他是要追求人，總不能反而放對方鴿子吧？

更何況以希莉絲・伊諾亞登的個性，克里斯蒂安也不覺得她會等待失約的人……

想到這裡，克里斯蒂安突然停頓了一下。

等待自己的希莉絲・伊諾亞登？光是想像就覺得非常刺激……還真的有點想看看那種景象。那麼，要不要晚點再去呢？

於是克里斯蒂安抱著這個想法來到王宮，而且比約定時間稍晚了一點。

但他的期望落空了，希莉絲根本還沒來。甚至過一段時間也沒有出現，等待的人反而變成了克里斯蒂安。

正當他為此再次滿心憤懣時，反而是伊克西翁出現了。

伊克西翁・貝勒傑特今天依然帶著倒人胃口的表情，無視克里斯蒂安的存在。這也刺激到了本來就心煩意亂的克里斯蒂安。

「這是我們在慶祝宴會後第一次碰面吧。這麼看來，今天是貝勒傑特家召開定期會議的日子嗎？」

克里斯蒂安噙著冰冷的微笑上前。

「看來你依舊公務繁忙。至於我，今天來王宮是因為正好和伊諾亞登家主有約。」

這成功讓伊克西翁的腳步頓住。克里斯蒂安的挑釁在腦中嗡嗡迴響，彷彿鑲嵌著天空的藍眼眸迅速凍成一片寒冰。

伊克西翁強壓住心中的動搖，回頭看向對方，緩緩啟唇反問。

「……你和希莉絲約好了要見面？」

那個稱呼聽起來太過親密，克里斯蒂安不禁皺起眉頭。

希莉絲？他們已經是可以直呼名字的關係了？

伊克西翁望向克里斯蒂安身後，那是通往四季之森的第九十九扇拱門。

克里斯蒂安．帕爾韋農為什麼今天會和希莉絲約在這裡見面，原因一目瞭然。

當伊克西翁想通的瞬間，狂暴的情感在體內激烈動盪。閃爍著寒光的藍眸彷彿要在眼前之人身上燒出洞來。

「你成為家主了？」

雖然已經找到答案，但伊克西翁還是必須開口確認。

聞言，克里斯蒂安嘴角勾起深深的笑容。

「沒錯，昨天希莉絲小姐已經先恭喜過我了。」

在那個瞬間，伊克西翁臉上殘存的一絲溫度也徹底消逝。

「四季之森真是一個神祕的地方，沒想到結界裡的霧氣會那麼濃厚。」

克里斯蒂安的笑容依然優雅，扭曲的優越感在他的心中蔓延。

「如果沒有希莉絲小姐親切的引導，我差點就迷路了。」

其實單憑這點小事，克里斯蒂安不覺得能動搖伊克西翁．貝勒傑特，所以這種幼稚的挑釁不過是為了自我滿足。他並不知道，這些話比他以為的更能摧毀伊克西翁的理智。

伊克西翁的心凶猛沸騰、撕咬著體內的一切，神情卻排除所有情緒，平靜無波地看著眼前的男人。

原來昨天希莉絲和克里斯蒂安．帕爾韋農一起進入了四季之森，而且今天也約好要再次同行。

……為什麼？

一股炙熱的烈火在腹部燃燒。伊克西翁已經說過無論何時，自己都甘願被她利用。也帶著真心發誓，只要是她的期望，任何事他都願意去做。可是今天與希莉絲同行的為什麼不是自己，而是這個男人？

當然，這一連串的想法缺乏邏輯和立場，但現在的伊克西翁沒有理性到可以深究這些。他紛亂的思緒全數收攏為一股欲望。

——要殺了他嗎？

強烈的殺意襲來。

——要現在把他殺掉嗎？

不只是克里斯蒂安．帕爾韋農，還有其他繼承帕爾韋農血統的人也全都……

如果對帕爾韋農家趕盡殺絕，消滅掉所有接受家主之印的可能人選，這樣一來，希莉絲不就只能選擇自己了？

那種未來是如此甜美誘人，光是想像就令他心跳加速。除掉自己以外的所有選擇，伊克西翁確實擁有那種力量和執行力。

濃厚的殺意衝上腦門，與之共鳴的異能率先發動。

咻咻咻……

從伊克西翁垂在身側的手中，黑色碎片飛散而出。

「等一下……貝勒傑特家主，你這是要做什麼？」

克里斯蒂安立刻察覺到氣氛的轉變，皺著眉頭發問。就在下個瞬間，震耳欲聾的巨大聲響撼動整座王宮。

轟隆……！

狂亂煙塵撲面而來。勁風消散後，爆破中心卻不見克里斯蒂安的身影。他原本站立的石磚地面深深凹陷，完整呈現方才那股力量的破壞力。

匆忙退避的克里斯蒂安咬牙切齒地罵出髒話。

「伊克西翁．貝勒傑特，你瘋了嗎？」

他護在身前的冰壁已然破碎，冰屑在四周反射著鋒利的光芒。

克里斯蒂安怒視著屹立在漫天飛揚的煙塵和黑色碎片之中的男人。伊克西翁的藍眸寒氣逼人，對上他的目光。

「雖然很遺憾，不過我的精神非常正常。」

沙沙！

伊克西翁再度出手，黑色碎片覆住克里斯蒂安反擊的冰錐，瞬間將其碾成齏粉。這樣的舉動，已經是伊克西翁極力聚攏殘存的耐心，強行壓制凶殘殺意的成果。

「證據就是，你現在還完好無缺地在我面前耍嘴皮子。」

如果伊克西翁是真心要殺克里斯蒂安，他早就像那些冰塊一樣化成粉末了。

「你該不會以為正面被我擊中還能毫髮無傷地站著，是多虧了你那微不足道的力量吧？」

不幸的是，他還沒完全失去理智。也就是說，伊克西翁還保有足夠的理性，可以控制自己不讓即將到來的希莉絲看到克里斯蒂安・帕爾韋農破布般的醜陋殘骸。

「怎麼會有你這種……」

聽了伊克西翁這番話，克里斯蒂安眉頭緊皺。

伊克西翁等於是在說，像克里斯蒂安這種存在，他隨時都可以輕易扼殺。這種傲慢令人憤怒，但荒唐和困惑也同時抬頭。

先挑釁的人分明是克里斯蒂安，真正出手攻擊的卻是伊克西翁。克里斯蒂安十分不解，自己剛才說的話，有讓這個男人憤怒到這種程度？

在此之前，克里斯蒂安和伊克西翁不曾有過衝突。所以他不認為對方反應如此激烈，是因為本來就對自己反感到極點。

這樣的話，難道是因為伊克西翁對希莉絲的感情比想像中還要深？一思及此，克里斯蒂安便無法掩飾自己的驚訝和困惑。

颼颼颼！

就在這時，花瓣旋風從半空中升起。

「你們這是在做什麼？」

希莉絲出現在花瓣之間，長髮和衣角隨風飛舞。

她輕輕降落在地上，金眸掃過正在對峙的伊克西翁和克里斯蒂安，還有橫亙在他們之間的巨大坑洞，以及四周遺留的異能痕跡。

希莉絲的視線回到伊克西翁身上。那是她在這一世還未見過的，寒霜般凍結的冰冷神態，他身上散發的氣勢也比平時凶猛殘暴。

希莉絲立刻得出結論——伊克西翁已經知道她和克里斯蒂安・帕爾韋農去了四季之森，所以生氣了。

「發生什麼事了？」

王宮的其他拱門也湧出人群，被剛才的騷動嚇得跑出來一探究竟。

當他們看到被破壞的宮殿地面和一旁的四大家族家主，紛紛倒抽一口氣。而且那三人之間明顯劍拔弩張。

「家、家主。」

在感受到危機的眾人之中，為了開定期會議而來到王宮的貝勒傑特族人著急地率先開口。隨後，希莉絲也雙唇微啟。

「伊克西翁。」

平靜的嗓音在緊繃的氣氛中響起。就在那個瞬間，伊克西翁身上沸騰的暴虐氣息逐漸沉澱。不久後，危險地圍繞著克里斯蒂安的黑色碎片也被伊克西翁的影子吞沒。

最後，他終於緩緩後退一步，和克里斯蒂安拉開距離，在場眾人這才鬆了一口氣。

伊克西翁沒有看向希莉絲，而是面朝宮殿前那些人，低沉地開口。

「因為眼前出現了刁鑽的飛蟲，我只是在抓蟲子而已。」

當然，克里斯蒂安聽得出來他說的飛蟲就是自己。

「不要為雞毛蒜皮的事大驚小怪。」

克里斯蒂安嗤笑一聲。但伊克西翁並沒有理會，逕自轉身離開。

他走向那些貝勒傑特族人，開口說道。

「今天的會議改日再開，大家解散吧。」

這反而讓貝勒傑特家的人放下心來。他們很清楚，勉強和這種狀態的伊克西翁坐下來一起開會，也不會得到什麼好結果。

克里斯蒂安也壓下突襲伊克西翁的衝動，撤回異能後朝希莉絲走去。

「沒想到貝勒傑特家主居然這麼蠻橫。」

他依然盯著伊克西翁，目光無比銳利。

此次事件不謹是家族間的衝突，也是一不小心就會引起軒然大波的重大事件。

四大家族必須團結一致，不能在其他家族的貴族面前表出對立，因此克里斯蒂安才隱忍下來，不讓事態繼續升級，但內心仍然非常氣憤。

「差一點就讓希莉絲小姐捲入風波，幸好沒有……希莉絲小姐？」

然而，希莉絲沒有分一眼給朝她走來的克里斯蒂安，邁步追上伊克西翁。

克里斯蒂安下意識伸出手。但只差了一點，他的指尖與她失之交臂。那一刻，痛楚深深刺入心中。

克里斯蒂安目光冷硬地望著希莉絲的背影。現在必須立刻追上去抓住她的想法在腦海裡喧騰，但是不知道為什麼，他的雙腳彷彿在地上扎了根，身體無法動彈。

在這期間，希莉絲一次也不曾回頭，離他越來越遠。

轟轟！

伊克西翁身旁掀起黑色風暴，看來是打算立刻離開。希莉絲毫不猶豫踏進他的異能領域。

「伊克西翁。」

察覺到她的存在，伊克西翁轉過頭。希莉絲握住他的手，並直視著他的雙眼。

「一起走吧。」

在希莉絲低聲呢喃的瞬間，伊克西翁的眼底掀起一陣洶湧波濤。

嚴格來說，希莉絲根本沒有義務介入伊克西翁和克里斯蒂安的衝突。她只是出於需要而利用了克里斯蒂安．帕爾韋農，不管伊克西翁對此有什麼想法，她都無須在意。

然而，希莉絲不能就這樣讓伊克西翁獨自離開。儘管沒有必要，她還是莫名想向伊克西翁辯解。

所以，希莉絲必須重新和他說清楚，她心目中的輕重緩急是什麼。

颼颼！

黑色異能徹底覆蓋兩人，等風暴消散後，該處已然空無一人。希莉絲和伊克西翁就這樣在眾目睽睽之下一起離開了。

克里斯蒂安像是生了根一樣站在原地，目不轉睛地盯著兩人剛才站立的地方，不知不覺用力握拳的掌心傳來一陣刺痛。

「哈……」

隨後，克里斯蒂安發出感到荒唐的刺耳笑聲。

今天，他又一次被獨自留在王宮。而且希莉絲還是在他面前，牽著伊克西翁·貝勒傑特的手一起離開。

克里斯蒂安低下頭，目光深沉地盯著自己沒能碰到希莉絲的手。

空蕩蕩的掌心傳來一陣涼意，克里斯蒂安緊咬著牙關，用力握住冰冷的拳頭。

「果然……四大家族的力量非常強大。」

幾名與希莉絲打過招呼的家主，見到破碎的宮殿地面都不禁咋舌。

雖然是具有歷史意義的珍貴遺跡，不過既然破壞王宮的人隸屬於四大家族，就不可能出現膽敢出聲譴責的貴族。

「尤其是這一代的四大家主，他們的力量已經不是壓倒性可以形容的吧？」

「我有同感。本來以為歲月無常，長久以來藉著上古血脈傳承的神聖力量，會不會也無可奈何地迎來衰退期，不過現在看來，第二次復興期可能就要在這個新的世代開始了。」

雖然大家都遮遮掩掩，不過就連被認為異能已經枯竭的卡利基亞家，也再度出現可以製造出寶玉的繼承者。

不僅如此，在實力僅略勝卡利基亞的伊諾亞登家，現任家主希莉絲也覺醒了超乎想像的強大異能。

如果這一代能透過四大家族間的結合，將力量傳承給子女，那麼下一代肯定非常值得期待。

「沒錯……真的沒想到，這一代又會出現這麼強大的力量傳承。」

原本安靜待在一旁的黛博拉．蒙德納也開口表示贊同。

在極保守派中，幾乎可以說是四大家族最高信奉者的諾頓．佩拉諾也附和。

「尤其是希莉絲小姐的覺醒，不得不讓人認為是初代之王賜給我們禮物。身為服侍四季之王，而且是親自侍奉春日之王的家臣，這是多麼令人激動的事啊。」

其他家主紛紛點頭贊同。

「這次卡利基亞家也迎來真正的繼承者，蒙德納家主該有多高興啊！」

聽到諾頓這麼說，附庸伊諾亞登家的馬里貝爾家主也開口了。

「仔細想想，當初找到馬格大人，並將他送回卡利基亞懷抱的人，也是我們的希莉絲小姐啊。如果不是希莉絲小姐，情況應該會變得岌岌可危吧？」

「是，這簡直就是奇蹟。」

黛博拉・蒙德納表示贊同，並勾起唇角。

「在四大家族驚人的力量面前，我們似乎永遠只能俯首呢。」

在午後陽光的照耀下，那雙紫眸中透著寒意。黛博拉閉上雙眼，藏起不該有的冰冷眼神，然後慵懶地低語。

「身為宣誓效忠的家臣，我真的很期待他們燦爛的未來。」

啪！

眼前被一片漆黑覆蓋後，視野中的風景瞬間發生變化。兩人最終抵達的地方是貝勒傑特宅邸，而且還是伊克西翁的臥室。

伊克西翁包覆著她的異能散去，希莉絲剛後退一步，腿就被什麼東西絆住，讓身體向後倒去。她的背部立刻陷入某樣柔軟的物體之中。

「為什麼跟來了？」

下個瞬間，希莉絲頭頂響起低沉的嗓音。

她躺在伊克西翁的床上，茫然地望著上方的深邃藍眸。

「妳不是為了見克里斯蒂安・帕爾韋農而去了王宮嗎？」

這是只有伊克西翁存在的空間。

此時此地，全身都沾滿了他的氣息，甚至還被困在他的身體和床之間，這種情況對希莉絲來說實在太過劣勢。

面對這些只會讓自己變得脆弱的不利要素，如今希莉絲已然無法順暢思考。

「所以……」她盡可能找回一些冷靜，開口說道，「你希望我離開嗎？」

聽到希莉絲細如蚊蚋的低聲反問，依然受困於暴躁情感的伊克西翁，眼神難掩震盪。

他撐在床上的手不禁用力，手中緊握的床單皺成一團亂麻，一如他此刻的心情。

「妳已經知道我的答案是什麼。」

希莉絲一言不發，凝視著怒力壓下激烈情感的伊克西翁。

「我也知道，現在的我沒有資格這麼做，但是……」

伊克西翁用力咬牙，端正的下顎線條也隨之變得僵硬。接著，他無比低沉的嗓音鑽進希莉絲耳中……

「妳還把克里斯蒂安．帕爾韋農放在心上嗎？」

「什麼……？」

意料之外的話語，讓希莉絲的眼角不禁輕顫。

他是什麼意思？她結束與克里斯蒂安．帕爾韋農的短暫緣分，已經是很久以前的事了。難不成伊克西翁看過重生之前的她，才會產生這種想法？

如果真的是那樣，她可以理解伊克西翁為什麼會誤會自己。不論現在是如何，但直到重生起始的十九歲為止，希莉絲確實暗自把加百列的未婚夫克里斯蒂安・帕爾韋農放在心裡。

一思及此，希莉絲便感到渾身難受，於是冰冷地開口。

「雖然不知道你到底是看到了什麼才會冒出這種想法，不過這實在是太過荒唐的誤會。」

「妳明明就那樣看著那個男人。」

聽到接下來伊克西翁冷冷道出的話，希莉絲瞬間僵住。

「雖然我不記得原因，但是妳住在貝勒傑特宅邸的時候……」

「……」

「只有在克里斯蒂安・帕爾韋農面前，妳身上才出現這種情感動搖。」

伊克西翁不是在說這一世發生的事。

如果是希莉絲曾經住在貝勒傑特的情形，難道他說的是她的第五世人生？

不過就算伊克西翁注意到，她在看著克里斯蒂安・帕爾韋農的時候表現出了某種情感，希莉絲也能確信那絕對和他現在想像的內容不同。

……他記起來的怎麼偏偏是那種地方。難怪伊克西翁方才對克里斯蒂安・帕爾韋農的反應會那麼激烈。

「我剛才是真心想攻擊克里斯蒂安．帕爾韋農。要是妳再晚來一步，我說不定就會壓抑不住衝動而殺了他。」

伊克西翁垂眸望著希莉絲，低聲低喃。

「妳怪我嗎？妳對我失望了嗎？」

與耳邊傳來的冰冷嗓音相反，俯視而下的視線卻很炙熱。希莉絲看著他的眼睛，接著慢慢斂下眼眸。

「不。」

聞言，伊克西翁不像在開玩笑地再次說道：「萬一以後我只要有空，就想要了他的命呢？」

「我無所謂。」

儘管如此，答案依舊沒有改變。希莉絲毫不動搖地再次看向伊克西翁。

「我不擔心克里斯蒂安．帕爾韋農。他是生是死，也不是我在乎的事。」

聽到希莉絲接連說出的果斷回答，伊克西翁緊抿雙唇。他凶猛橫行的氣息稍稍平靜下來，而後卻出現了截然不同的濃烈情感。

「……不過妳還是選擇了那個男人，而不是我。」

伊克西翁的雙唇間溢出一聲苦笑。

希莉絲的視線無法從伊克西翁正對著自己的面容上移開。他在希莉絲面前毫無保留地展現自己的受傷。至今從未在任何人面前展現軟弱姿態的男人，卻只讓她看到毫不設防的心。

這一刻，希莉絲從剛才便開始動搖的情感，無法控制地膨脹蔓延，無法再用任何解釋和藉口迴避。

最後，希莉絲將身體託付給內心的衝動。向上抬起的手最先觸碰到的，是伊克西翁比平時更加凶狠冷硬的眼眸。

當希莉絲指尖的微弱暖意滲進皮膚的瞬間，伊克西翁全身都僵住了。

他僵直的視線望向希莉絲的臉龐。希莉絲或許是得知了伊克西翁心中的動搖，她緩緩撫摸著他的臉頰。

「像笨蛋一樣……」

隨後，讓人難以相信是從她口中說出來的溫柔細語響起。

「你在不安什麼？」

希莉絲想告訴伊克西翁，不論是克里斯蒂安．帕爾韋農還是其他人……在她心中，沒有人比他還要重要，伊克西翁怎麼會懷疑這個不變的真理？

但是比起這些話，希莉絲的行動快了一步。她的手輕如流水地擦過伊克西翁的耳朵，纖細的手指探入黑髮，抓住了他的後頸施力。

就這樣緩慢而卻實地，兩人的暖意相互交疊。

終於相貼的唇如夢境般柔軟溫暖，一直空蕩蕩的心瞬間被填滿。她所處的世界彷彿變成了春天。

啊……真希望時間就這樣停止在這一刻。

希莉絲陶醉於生平第一次感受到的滿足。但是在她緩緩睜開緊閉的雙眼，和眼前的藍眸四目相交的時候，希莉絲這才意識到自己犯了錯。

「……！」

發現自己對伊克西翁做了什麼的希莉絲輕輕倒吸一口氣，心臟彷彿墜入深淵般發出震天巨響。震動的金色眼眸中滿是衝擊和混亂。

現在……她現在是吻了這個人嗎？

伊克西翁頸後的手遲疑地放下來。雖然微微顫抖的紅唇動了動，最終卻什麼話也說不出來。

和希莉絲同樣動搖的伊克西翁雙眼發直，將她的模樣盡數裝進眼底。沒能戰勝那道視線的希莉絲咬緊下嘴，用力推開伊克西翁的肩膀。

然而，覆在她身上的伊克西翁卻文風不動。

「剛才……」

伊克西翁直到剛才還緊貼在希莉絲鮮紅唇瓣上的唇，終於微微動了。

「是妳先吻上來的。」

沙啞的低聲呢喃縈繞在兩人之間，彷彿被誰掐住了咽喉。

希莉絲嚇了一跳，下意識否認。

「不是的……」

「不是嗎？」伊克西翁反問道，「真的不是嗎？」

當然要否認。不過，希莉絲連躲避視線的空間都沒有，正面對上的目光讓她不知道該如何辯解。

伊克西翁摩挲著希莉絲的臉龐。就像剛才希莉絲做的那樣，這次換他伸手觸碰了她。溫柔得令人眩暈的動作慢慢勾勒著臉部的輪廓，然後就像在模仿希莉絲般，伊克西翁的手按照她對待自己的方式移動。

「所以這一切都是我的錯覺？」

撫摸著臉頰的手輕撫彼此分享過溫暖的紅唇。希莉絲像是陷入了充滿甜美花蜜的陷阱，一動也不敢動。

「不，不是錯覺。」

伊克西翁低喃著自答，垂眸望著希莉絲的眼裡充滿了信心。

唇上殘留的觸感仍然鮮明，伊克西翁本能地領悟到，自己不能錯過這個瞬間。

現在也許是上天賜給他的第一次、也是最後一次機會。這個瞬間過後，希莉絲肯定會再次戴上堅固的面具，不會再給他任何可趁之機。

「希莉絲。」伊克西翁凝視著她的雙眼低聲呢喃，「妳還記得我在伊諾亞登的庭院裡對妳許下的誓言吧？」

希莉絲的眼角輕顫。伊克西翁在伊諾亞登庭院對她許下的誓言，是用異能束縛住自己，發誓任何情況下，他都不會傷害希莉絲。

「如果妳無法容忍我擅自癡心妄想，就拒絕我。只要妳主動推開我，我便無法違抗妳的意願。」

為什麼現在提起這個……

「不過，如果妳沒有那麼做……」

伊克西翁在耳邊輕聲訴說的話，讓圍繞著希莉絲的世界瞬間停止轉動。

「我現在要吻妳。」

在那個瞬間，時間感覺真的停止了。

從對方眼中，希莉絲領悟到他是認真的。既然如此，應該要求他不要再胡說八道，馬上停止這一切才對……然而希莉絲能做的，只是茫然地望著眼前的人。

就像方才希莉絲攬下他的後頸，伊克西翁再一次朝她低下頭。像是要給希莉絲足夠的時間拒絕自己，他靠近的速度非常緩慢。不過，兩人的唇就像註定的歸宿般，最終還是消弭了所有距離。

那瞬間，希莉絲無法自控的破碎氣息，被伊克西翁全數嚥下，連從緊密相貼的唇瓣傳來的顫抖，也全都欣然吞沒。

伊克西翁並不像希莉絲那樣，只是蜻蜓點水地輕觸。他像是要把希莉絲的心攪得天翻地覆才甘願，舌尖毫不猶豫地深入她的齒間，散播著火熱的氣息。

希莉絲心想，或許這也是夢境的延續，難怪這一切都讓人感到極其不現實。然而，伏在她身上的精壯身軀和覆著臉頰的厚實掌心，還有不斷輾轉探索，與她相互糾纏的唇舌，這些感受實在太過鮮明。

雖然他的動作溫柔又小心翼翼，讓人不禁覺得有違伊克西翁平時的作風，卻依然在希莉絲心中引發超乎想像的巨大衝擊。

「……妳不推開我嗎？」

良久，伊克西翁微微退開，貼著她的唇呢喃。

希莉絲說不出話來，垂落的睫羽輕顫。終於，她張開了緊閉的雙眼。

看到眼簾下重現的金色眼眸，無法描述的情感填滿伊克西翁的心。

希莉絲撇過頭，試圖躲開他的視線，但是伊克西翁不允許。他攏住希莉絲的臉頰，直視著她的雙眼。

此時此刻，一直緊緊包裹著希莉絲的某樣東西，似乎完全崩解了。伊克西翁端詳著她初次毫無防備展露的眼眸。令人目眩的光芒閃爍舞動的那雙金眸中，清晰地鑲嵌著他想要的東西。找到的瞬間，彷彿有一股電流順著伊克西翁的背脊向全身蔓延。

「妳怎麼會說這是錯覺？」

他沒有給希莉絲重拾平日武裝的時間。

「現在也露出了這種表情……」

低啞嗓音沸騰著熱氣，伊克西翁更加凶狠地擄獲希莉絲的雙唇。

「唔……」

就像要以這個吻將希莉絲藏在內心深處的東西全都挖出來，連喘息的空隙都沒有，伊克西翁不斷對她步步進逼。從濕潤雙唇間流瀉而出的呻吟和急促呼吸，同樣被他毫無保留地吞噬殆盡。

希莉絲顫抖的手抓住伊克西翁的手臂，但是這次也沒能推開他緊貼著自己的身體，只能努力在滅頂的情熱中思考。

不行。如果像這樣嘗過來自他指尖的溫柔，以及雙唇的暖意和觸感，那麼任何謊言都不再管用⋯⋯

「伊克西翁⋯⋯」

因為無法自欺欺人⋯⋯結果正如預想的那樣。

這個世界上，恐怕沒有人能拒絕在無邊無際的沙漠中獨自徘徊，好不容易找到並嘗到滋味的一滴水。在連自己都沒有意識到的情況下，希莉絲不但沒有推開伊克西翁，反而緊緊摟住他的脖子。

伊克西翁如同脫韁野馬般，在這樣的希莉絲唇上烙下粗暴的深吻。

希莉絲的心中也浮現一股累積已久的饑渴終於獲得滿足的輕鬆，整個人依附在緊貼著自己的那副身軀上。

她總是無法看著伊克西翁太久。如果和他四目相對，一直以來拚命否認、隱藏的情感好像就會被他發現。那些她無法完全拋棄，努力埋在心底最深處的東西，可能會殘酷地在他面前被揭穿。

可是實話是，希莉絲還是想待在伊克西翁身邊。

不管什麼時候，她都想停留在伊克西翁觸手可及、雙眼可見的地方。這是希莉絲從來沒有承認過，也不打算告訴任何人的心情。

然而，這樣抱著懷裡的伊克西翁．貝勒傑特，讓希莉絲感受到比想像中更強烈的滿足……所以在此時此刻，其他任何事物都無所謂了。

真的……好希望時間就這樣停止在此刻。

不願告訴任何人的祈願迴盪在心中，希莉絲更加用力抱住懷裡的人。

雖然重拾理性後一定會後悔，不過這一刻她感覺無比滿足，所以現在這樣就夠了。

長久以來的空虛和飢渴被一一安撫，希莉絲還是第一次因為太過幸福而迫切渴望著，能和伊克西翁就這樣拋下一切，浪跡天涯海角。

無法親近的千金

SIDE.

過去的碎片VII

접근 불가 레이디

自從希莉絲留在貝勒傑特宅邸修養，已經過了一段時間。

一直足不出戶的她在見到維奧麗塔後，慢慢開始有了離開房間的意願。雖然只是偶爾到後院呼吸外面的空氣，不過她自己開始產生離開房間的意志，這件事本身就足以讓人高興。

「今天要不要去庭院看看？」

「庭院……」

「是，您總是只去後院那邊，不過最近庭院裡的花開得很漂亮。」

今天剛離開房間，在後面替希莉絲推輪椅的傭人就小心翼翼地建議。

「我剛才去看過了，那裡現在沒有其他人。而且這個時間本來就沒有人會進出庭院。」

面對傭人的一再勸說，希莉絲終於輕輕點頭。如果不會遇到人，無論是後院還是庭院，對於希莉絲來說都沒有差別。然而與傭人說的不同，等希莉絲抵達時，庭院裡已經站著兩道人影。

「啊……維奧麗塔小姐來了呢！」傭人狼狽地說道。

她的語氣像是已經知道伊克西翁會在庭院裡，但是希莉絲沒有察覺出來，只是望著一手拿著花束的伊克西翁，以及拄著枴杖站在他面前的維奧麗塔。

隨著希莉絲開始注意房門外發生的大小事，有些消息也傳入了她的耳中。其中有關於伊諾亞登的事，也有伊克西翁・貝勒傑特與維奧麗塔・卡利基亞的傳聞。

希莉絲很早便知道，這兩人從小就交情甚篤。甚至到現在，伊克西翁和維奧麗塔除了彼此之外，身邊都沒有其他親近的異性。因此貝勒傑特的一些傭人私下認為，這兩人肯定是互相傾心。

聽到傭人之間的耳語，希莉絲也覺得頗為可信。當初伊克西翁會插手伊諾亞登的事，不也是因為維奧麗塔的請求嗎？所以現在讓希莉絲留在貝勒傑特宅邸，也是為了不讓眼睛看不見的維奧麗塔為難。

伊克西翁和維奧麗塔都是好人，他們之間也確實有一些共同點。

希莉絲駐足在庭院入口，將遠處兩人的身影納入眼底。當她的目光停留在拿著花束的男人手上，瞬間想起離開伊諾亞登家的那一天，那雙抱起自己的溫柔臂膀。

希莉絲抹去輕輕襲來的那股模糊不清的感覺，微弱地張口道：「我們去後院吧。」

高掛在空中的太陽毫不吝嗇地光芒四射，而站在明亮陽光下的兩人距離希莉絲太遙遠了。

「那個地方太耀眼了。」

雖然傭人試圖說服她，但希莉絲沒有再開口，只是搖了搖頭。最後，她們悄悄離開了庭院，朝著後院走去。在那裡不知道又待了多久的時間。

就在某一刻，希莉絲身後突然傳來男子的嗓音。稍早前還在庭院裡的伊克西翁正朝她走來。

「妳果然在這裡。」

「我剛剛去了妳的房間，但沒看到妳，所以來這裡碰碰運氣。妳喜歡後院的景色嗎？」

他的手上依舊拿著一束花。伊克西翁沒有繼續接近希莉絲，而是停下在距離稍微有點遠的地方和她搭話。看到希莉絲的表情後，他意識到自己說錯了話，立即補充。

「我不是在怪妳為什麼會在這裡。我的意思是，如果妳願意，以後隨時都可以過來。」

伊克西翁為了不讓希莉絲再往負面方向解讀，不嫌麻煩地強調。隨後，他向希莉絲請求許可。

「如果妳不介意，我想靠近妳一點。」

希莉絲什麼也沒說，只是看著他。伊克西翁邁開腳步，慢慢接近，彷彿希莉絲只要顯露出一絲反感或害怕，他就會立刻停下，小心翼翼地觀察著她。見狀，希莉絲心中盪開一種很難明確定義的奇異心情。

「我想給妳這個。」

終於走到一步之遙的伊克西翁，將花束放在希莉絲膝上。

希莉絲僵住了。這是方才在庭院裡，站在維奧麗塔面前的伊克西翁拿著的那束花。這不是他要送給維奧麗塔的花嗎？啊……說不定是維奧麗塔為了送給希莉絲而帶過來，請伊克西翁代為轉交的。她這麼想著，完全沒想過伊克西翁為了送給希莉絲而專門準備花束的可能性。

希莉絲小心翼翼地把手伸到花束上方，指尖傳來花瓣的柔軟觸感。

維奧麗塔和伊克西翁非常照顧希莉絲，這是一件值得感恩的事。通過傭人的耳語，希莉絲聽說了狄雅各被關進王宮監獄的消息。雖然不太清楚詳情，不過他拿來用在希莉絲身上的那些血，好像是不該隨意流通的違禁品。

伊克西翁和維奧麗塔沒有把伊諾亞登家的消息告訴希莉絲，是因為他們擔心身心尚不穩定的希莉絲，會受到刺激導致病症復發。

「是金盞花呢！花語是『一定會降臨的幸福』。」安靜站在輪椅後的傭人對輕撫著花朵的希莉絲說道。

一定會降臨的幸福……就像觸碰到的不是花朵，而是一不小心就會破掉的肥皂泡泡般，希莉絲的手在花束上方輕輕移動。伊克西翁的視線緊緊跟著她的手。

隨後，希莉絲緩緩捧起花束。她慢慢俯視著抱在懷裡的花，然後輕輕低下頭。

伊克西翁……心口悶脹地望著垂落在自己遞出去的花束上的長髮，和微微側頭並映著淺淺花影的白皙臉龐。

當緩緩垂落的纖長睫毛重新揚起，燦爛的金眸便再次出現。幾乎貼著花瓣的紅唇輕輕分開。

「真美。」

「……」

「味道也很香。」

好像仍然不太習慣說話，她的語氣微弱模糊，不過這是希莉絲來到貝勒傑特家之後，發出的最清晰的聲音。

「請替我向維奧麗塔小姐……轉達謝意。」

聽到這句話，伊克西翁沉默了片刻。

「雖然不是刻意想得到感謝……」

他接著說出口的話，讓希莉絲抱著花束的雙手開始顫抖。

「但準備這束花的人是我。」

希莉絲無意中抬起頭，撞上伊克西翁的目光。

「我在想，妳每天都看到一樣的花，應該會覺得膩。」

在希莉絲眼中十分凶狠的雙眼微微瞇起，讓男人冰冷的五官浮現一絲暖意。

「很高興聽到妳說喜歡。」

混著陽光一同落進視野的微笑瞬間刺痛雙眼，希莉絲無法長時間望著如此耀眼的景象，迅速別開了視線。心中甚至湧起一股難以言喻的罪惡感，彷彿目睹了不能隨意亂看的珍貴事物。

所以，希莉絲無法再次面對伊克西翁，只能低頭望向膝上的花束。直到他先行離開，自己動搖不已的雙眸不會被發現為止。

無法親近的千金

CHAPTER 022

各自的欲望

접근 불가 레이디

如暴風席捲而來的親吻，讓人暈頭轉向、無力反抗。直到希莉絲喘不上氣、快暈厥過去時，堵在唇上的溫熱才肯退去。

伊克西翁深吸一口氣，好像在壓抑著什麼，被希莉絲抱住的背部和肩膀也變得僵硬。

他艱難地讓體內劇烈沸騰的熱氣冷卻下來，兩人先後重新找回理性。

再次抬起頭的伊克西翁撞上了希莉絲的視線，就在那瞬間……

啪！

感到劇烈動搖的希莉絲本能地使出異能，但是兩人的身體互相緊緊糾纏，於是他們只能一起移動至伊諾亞登宅邸。

唰唰……

他們來到的地方是伊諾亞登的庭院。躺倒在搖曳花朵與青草之間的希莉絲，再次與伊克西翁四目相對。

「不要這樣。」

意識到希莉絲打算做什麼的伊克西翁咬緊牙關。

「不要逃跑。」

橘黃晚霞籠罩下，希莉絲感覺到自己依然與伊克西翁交握的手被更用力地握住。

「我不會放開妳。」

隨後，伊克西翁的額頭埋到希莉絲頸間，像糾纏又像挽留。而希莉絲也感受到了他執著。

「所以妳還是放棄吧。」

希莉絲就這樣被緊緊抱住，她說不出話來，只能望著上方的夕幕。伊克西翁並沒有留給她戴回冷靜面具的機會，希莉絲腦中亂哄哄的，無力地落在草地上的手輕輕握住鋪在身下的落葉。

隨後，那雙手緩緩抬起。就像在很久之前的某一天，她將伊克西翁送的花束抱進懷裡那樣，希莉絲艱難地抬起發顫的指尖，輕撫著伊克西翁後頸上的黑色髮絲……

最後，希莉絲屈服於內心的渴望，抱住伊克西翁的頭。

現在和剛才不同，可是就算希莉絲清醒而理智，她也不知該如何是好。

如果這是神的詭計，希莉絲已經徹底輸了。可是她同時也得到了最想要的東西。這樣看來，就算輸了又何仿？

被分不清是自卑還是喜悅的情感操控，希莉絲將唇埋進伊克西翁的髮絲。

就算現在沉醉於這種感情之中，她依然無法給予他保證。所以，用這種方式對待伊克西翁，終究只是希莉絲自私的欲望。

但……即便如此，除了珍惜這個自願落入她手中的閃亮、美麗的人，希莉絲從一開始就沒有其他選擇。

「什麼？現在是在跟我開玩笑嗎？」

維奧麗塔看著在夜深時分送來的信，皺起了眉頭。寄信者是伊克西翁。

近日伊諾亞登家的消息當然也傳到了維奧麗塔耳中。她得知後，立刻著急地寫信關心希莉絲，卻沒有得到任何回音。她猜伊克西翁或許知道情況，只好改為寄信給他。

維奧麗忐忑不安地等待了好幾天，沒想到希莉絲卻先回信了。她表示自己的身體沒有任何問題，並且將在不久後拜訪卡利基亞。維奧麗塔這才放下心中的大石。

然後，伊克西翁遲來的回覆也終於在今天送到維奧麗塔手中，不過信上的內容嚴重缺乏誠意。

維奧麗塔憤憤地揉爛手中的信。現在希莉絲是什麼狀態？為什麼伊諾亞登宅邸會發生這種事？還有，那兩人現在為什麼會待在一起？他應該可以解釋得更詳細一點吧？

但維奧麗塔又清楚伊克西翁的個性就是這樣，她也無可奈何，最終只能獨自消化心中的惱怒。

「話說回來，我的話對他來說連耳邊風都不如。」

維奧麗塔想著伊克西翁信上寫的內容，眉頭不由得一皺。

勸伊克西翁不要太接近希莉絲．伊諾亞登比較好，這可是維奧麗塔身為朋友才提出的忠告，因為她以卡利基亞之眼看到了伊克西翁為希莉絲而痛苦絕望的模樣。

維奧麗塔重新攤平那封信，放在桌子上。

「也是，我自己也被她吸引了。」

維奧麗塔不知道自己為何會對希莉絲．伊諾亞登產生這種情感。也許是因為她也看到了希莉絲與自己如親密好友般笑著相處的畫面。

維奧麗塔突然想起希莉絲的慶祝宴會，深綠眼眸凝視著窗外的漆黑夜色。

那一天，維奧麗塔只是佯裝先一步離開王宮，實際上則是躲起來跟蹤了泰爾佐．卡利基亞。因此她知道泰爾佐最後去了蒙德納宅邸。

蒙德納家是卡利基亞家的附庸，與泰爾佐有往來這件事本身並不奇怪。可是，他偏偏挑在深夜時分，像是避人耳目般前往蒙德納宅邸，不管從什麼角度來看都很可疑。

維奧麗塔的眼神深深沉下。泰爾佐雖然表現得像是依照長老們的囑咐，積極爭取維奧麗塔心中的第一順位，甚至成為她的配偶。不過維奧麗塔很清楚，這只是他捏造出來的假象。

「不是想成為我的第一順位，而是卡利基亞家的第一順位吧？」

維奧麗塔沒有天真到相信泰爾佐無聊的甜言蜜語和故作親密的態度。那個人很擅長掩飾內心的想法，所以從以前開始就是一個無法信任的人。

此時，門外傳來敲響。

「進來。」

維奧麗塔以為是來服侍自己就寢的傭人，沒想到從開啟的門縫探出頭來的人，竟然會是馬格。

「那個……阿姨。」

「馬格？快進來。」

驚訝的維奧麗塔連忙招呼他，馬格猶豫不決地走進房間。

「我想再寫一封回信給希莉絲，可是有個不知道該怎麼寫的字……」

他手中果然拿著信紙和筆。維奧麗塔有些感動，望著支支吾吾的馬格。明明可以問傭人就好，他卻特意跑來找維奧麗塔，顯然馬格也在努力親近她。

「好，阿姨會教你。你可以過來坐在這裡嗎？」

維奧麗塔笑容滿面地要馬格坐到她身邊來，接著興高采烈地給他各種建議。

「夜深了，要不要讓傭人幫你準備一點熱牛奶或蜂蜜茶？還是熱巧克力？啊，你要不要也吃點餅乾？」

馬格本來想拒絕，卻頓住了。他想起在慶祝宴會的祝聖儀式上，那些站在希莉絲面前的其他家族的大哥哥。那些人全都比希莉絲還要高。

於是，馬格下定決心地對維奧麗塔開口。

「請給我一杯牛奶。」

「原來你喜歡喝牛奶呀。好，你等我一下。」

維奧麗塔沒有發現那份青澀的純情，想到自己終於確定了一件這孩子的喜好，便嫣然一笑，轉身叫來傭人。

「您回來了，家主！」

翌日，希莉絲很晚才回到宅邸。

雖然沒有什麼特別的事要處理，但也無法安心待在家裡。理由當然是伊克西翁。

昨晚發生的事在腦中盤桓不去，讓希莉絲臉紅心跳、心神不寧。再加上被希莉絲吸收的寶石很不會察言觀色，整夜都在鼓吹她去找伊克西翁。結果徹夜無眠的希莉絲，在今日凌晨便早早出門了。

現在回到宅邸的希莉絲腳步匆匆，打算在遇到伊克西翁之前回到臥房。雖然她也想乾脆離開伊克西翁幾天，花點時間讓心情恢復平靜……

不過這樣伊克西翁肯定會擔心，更重要的是，這麼露骨的迴避行為可能會傷害到伊克西翁。希莉絲為此猶豫不決，最後還是在今天結束前回到了伊克西翁所在的地方。

連希莉絲自己也覺得這是矛盾到可笑的想法和行為，她輕輕咬住嘴唇。

「妳現在才回來？」

這時，身後突然傳來的聲音，讓希莉絲不由自主停下腳步。

「今天回來得有點晚呢。」

走廊上響起朝自己走來的腳步聲。終於碰面的伊克西翁，讓希莉絲的心再次動搖。該怎麼辦才好？希莉絲完全不知道該對他說什麼，又該做出什麼反應。

伊克西翁靜靜垂眸望著沉默的希莉絲，想像著對方究竟在想什麼。

昨晚伊克西翁也和希莉絲一樣徹夜難眠，今天一整天都心不在焉。因此，在重新召開的定期會議上，他也無法集中注意力。

希莉絲說不定是對昨天的意外插曲感到後悔，所以現在不知道該怎麼解釋。當然，伊克西翁不會接受希莉絲把昨天的事當成一時的失誤，或者乾脆拒絕承認，當作一開始就不曾發生過。

他默默凝視著希莉絲，受到不斷壓抑的欲望驅使而低下頭。

彷彿羽毛般輕輕落在唇上的溫暖，讓希莉絲全身僵硬起來。揚起為了躲避而垂下的目光，希莉絲再次與眼前的人四目相對。

彷彿微風輕拂般輕輕吻了她的伊克西翁，再次低下了頭。

希莉絲下意識閉上雙眼，這一次，兩人的唇貼得更緊了。

伊克西翁稍稍退開，看著微微瞪大的金色眼眸，嘴角浮現淺笑。

「現在終於肯正眼看我了。」

隨後，他又輕聲低語。

「我一直在等妳回來，希莉絲。」

伊克西翁時不時的突襲，讓希莉絲說不出話來。只要對上他堅定的雙眼，縈繞在希莉絲腦海裡的糾結和自我矛盾便瞬間蒸發。

「妳在外面沒有想我嗎？」

「……」

「我因為思念妳，連一件事都沒辦法做。」

接二連三傳入耳中的話，始終如一地坦率直接。從未想過居然會從伊克西翁口中聽到這種甜言蜜語，希莉絲露出了毫無防備的表情。

「沒有妳在身邊的一天太過漫長，我感覺自己快要死了。」

過去共度的時間中，希莉絲從未和伊克西翁成為這樣交付真心的關係，也沒有見過他和其他女人交往。因此，希莉絲沒有機會知道伊克西翁都是以何種方式對待戀人，或者其他類似戀人關係的對象。

希莉絲幾乎陷入恐慌，甚至忘記要呼吸。感覺就像糊里糊塗咬了一口非常甜的蛋糕，她整個人暈頭轉向，彷彿攝取了過多糖分。

「我……」

希莉絲愣愣地看著眼前的人，不知道為什麼總是無法順利把話說完。

「我……」

雖然只是幾句話和凝視，但是帶給希莉絲的刺激異常強烈，就像被伊克西翁的異能包覆住全身的時候。

伊克西翁從靜靜注視著希莉絲，而她開始擔心自己臉上會是什麼樣的表情。

「不要看我。」

於是她斂下眼眸，抬手遮住自己的臉，接著往後退開。幸好這次得以用平常的語氣說出想說的話。

然而沒退多遠，卻被身後的牆擋住了退路。希莉絲還來不及為拉開的距離鬆口氣，伊克西翁便邁步上前，讓她陷入進退不得的困境。

「希莉絲。」

雖然聽到上方傳來的低沉嗓音，希莉絲卻固執地不願看向說話的人。

然而下一刻，從手背上傳來柔軟觸感，讓她的心跳再度失速。

希莉絲一抬眼便撞進那雙藍眸。伊克西翁側頭親吻希莉絲擋在臉前的手，半歛的湛藍眼眸吸引住希莉絲的目光。

一次、兩次……就像敲著上了鎖的門，伊克西翁溫柔地用唇輕觸她的手背，讓希莉絲心裡一陣陣酥麻。伊克西翁再次凝視希莉絲的眼睛。

「讓我看看妳。」

喃喃低語迴響在耳際，噴在手上的溫熱氣息，以及緩緩游移的唇，讓希莉絲一陣顫慄。最後，她完全喪失了抵抗的意志。

伊克西翁握住希莉絲的手往下拉，看著她完整出現在眼前的面容，嘴角浮現慵懶的微笑。

「妳的表情真的不會說謊。」

今天整日盤踞在心中的不安感覺好像完全消失了，希莉絲原本白皙到有些蒼白的臉龐，現在卻染上一抹淺淺紅暈。

方才執拗地凝視其他地方的金眸，現在也迷惘地看向伊克西翁，目光動搖，纖長的睫毛宛若蝴蝶振翅般輕顫。

希莉絲甩不開伊克西翁的視線，同時也難以直視對方。左右為難的她，最後只能咬住唇瓣。

伊克西翁看著那樣的她，忍不住抬起手。指尖最先觸到泛紅的眼角，輕輕摩挲的動作讓希莉絲一陣發癢，不禁微微一顫。

那隻手隨即下滑到臉頰，指尖離開的位置則由雙唇取代。伊克西翁就像要在希莉絲臉上所有沾染紅暈的位置印上自己的痕跡，指尖及雙唇交替著流連。

「伊克西翁……」

希莉絲無法掩飾自己的動情，不自覺在短促的喘息間呼喚他的名字，卻說不出完整的話。

伊克西翁的動作溫柔得令人窒息。傳遞著難以承受的深情，希莉絲彷彿就要溺死在其中。伊克西翁就像在對待世間最為珍貴、美麗、可愛的事物，而希莉絲為此驚慌失措，不知如何是好。

指尖、唇下清楚感受著希莉絲的動搖。伊克西翁一直想看看，希莉絲平靜無波的面容如果染上情感會發生什麼變化，但從未想過這會對他的心臟造成如此大的負擔。

伊克西翁的指腹擦過她的耳際，希莉絲渾身一顫，微微縮起肩膀。某樣事物一閃而過，他將纏繞在指間的髮絲朝她耳後勾去。比臉頰和眼角更加嫣紅的耳尖就這樣映入他的眼中。

「希莉絲，妳真的……」

伊克西翁吐出壓抑的低聲呢喃，然後含住希莉絲的唇輕輕廝磨。

他不禁心想，這麼可愛的東西究竟是什麼。若是太喜歡一個人也會致死，那麼現在他大概會立刻窒息吧？

彷彿在宣告方才的吻只是前奏，伊克西翁咬住希莉絲的唇，趁她驚呼時長驅直入，唇舌交纏。

「我快瘋了……妳怎麼會如此美麗？」

在每次混亂的換氣間，毫無修飾的讚嘆從伊克西翁口中撒落。

希莉絲感覺自己的心臟跳動得太快，好像下一秒就要爆炸了。今天不要說拒絕伊克西翁了，就連不回應他的親吻也是不可能的事。

良久，緊貼的唇終於分開，交換著濕熱的喘息。溫度與方才明顯不同的空氣在兩人之間流動，這時，一陣腳步聲卻突然傳入耳中。

「嚇！」

緊接著是某人倒抽一口氣的聲音，腳步聲隨即匆促遠離。

雖然希莉絲移不開對視的目光，所以無法親眼確認跑走的人是誰，但八成是梅依上樓來服侍她就寢，卻被眼前的狀況嚇得又原路跑回去了。

這次，希莉絲終於先開口了。

「……我不曾允許你做這種事。」

然而，比起希莉絲說出的話，已經知道她的表情和行為更加老實的伊克西翁，不予理會地啄吻她的唇。

「那麼，現在允許我吧。」

垂眸望著希莉絲的雙眼，因為尚未消散的欲望而異常深邃。希莉絲發現自己無法移開目光。

「還不夠……」

混濁沙啞的嗓音像爪子撓過，讓希莉絲的心一陣酥麻。

「因為我還想要。」

而後便是奪走希莉絲全部心神的激烈深吻。

伊克西翁彷彿不知饜足，直到希莉絲再也無法承受燒熔腦袋的熱意，氣喘吁吁地要他住手為止。

第二天下午，希莉絲突然想起被自己遺忘的人——那天被獨自留在王宮的克里斯蒂安・帕爾韋農。

即便沒有費心去了解他心中的想法，大概也能判斷上次的事狠狠傷了他的自尊。

不過，希莉絲沒有理由去體諒克里斯蒂安的情緒，所以她並未主動和他聯絡。而是按照回信上的承諾，動身拜訪卡利基亞家。

「希莉絲！」

一抵達卡利基亞宅邸，馬格便率先跑出來迎接希莉絲。

希莉絲望著金髮隨風飛揚的馬格。看來他應該是聽到希莉絲抵達的消息後，便在一樓門口探頭探，一看到她就立刻跑了出來。可以看到維奧麗塔面帶微笑地站在原地。

「希莉絲，歡迎妳……啊！」

或許是太過心急，馬格在撲向希莉絲時絆到了腳。見馬格摔倒在地，維奧麗塔嚇了一跳，連忙跑了過來。

不過距離更近的希莉絲先到了。

「馬格，你沒事吧？」

聽見耳邊響起的嗓音，馬格倒吸一口氣。希莉絲想扶他起來，才碰到手臂，馬格卻自己從地上彈了起來。

「我、我沒事……！」

稍嫌激動地大喊出聲的男孩紅著一張臉，明顯是為了剛才摔倒的事而不好意思。

希莉絲看著那樣的馬格，伸出了手。

覆上手背的溫度讓馬格顫了顫。和他說的不同，孩子的掌心染上淡淡的血跡，顯然是剛才撲到地上時擦傷了。

「看起來應該很痛，最好先去治療一下。」

馬格的臉不知為何比剛才更紅了，想甩開被她抓住的手。

「馬格！」

終於跑來的維奧麗塔也仔細觀察著馬格的狀況。此時，他手掌上的血漬化成一顆小寶石往下墜落。

「沒辦法了，馬格。我們先回屋裡去吧。」

維奧麗塔也認為應該先治療馬格的手，希莉絲則向維奧麗塔確認。

「寶石應該現在立刻銷毀比較好吧？」

聞言，維奧麗塔點了點頭。

「對，拜託妳了。」

等希莉絲用異能粉碎了由馬格的血變成的寶石，三人便走進宅邸。

在馬格包紮的時候，希莉絲先去問候了家主蕾妮。

蕾妮的身體狀況看起來比上次見面時惡化許多，現在已經完全無法下床，只能在床上見希莉絲。因此，兩人並沒有聊太久。

「伊諾亞登家主，這邊請。」

希莉絲離開蕾妮的臥房後，便被傭人帶到了溫室。然而，在那裡迎接希莉絲的並非維奧麗塔和馬格。

「您好，伊諾亞登家主。這是我們在慶祝宴會後第一次見面呢。」

沐浴在明亮陽光下，站在茶桌旁的泰爾佐．卡利基亞朝她露出微笑。

希莉絲看了一眼帶著自己過來的傭人，她看起來也不知道泰爾佐在這裡。

「維奧麗塔和馬格可能還需要一些時間。」泰爾佐補充道，「為了不讓您在等待期間覺得無聊，即使我自知不夠格，也想陪您說說話。如果您不介意，請來這邊坐下吧。」

泰爾佐一邊說著，一邊親手拉開椅子。

希莉絲默默看著以花朵充當背景，站在溫室裡的這個男人。片刻後，她邁開腳步來到茶桌邊。

「也是，反正閒著沒事。」

「好久不曾像這樣在卡利基亞的溫室迎接客人了。」

「是嗎？」

陽光穿過透明的玻璃灑落，男子溫和的嗓音非常適合溫室的幽靜。

希莉絲現在無法從泰爾佐・卡利基亞身上感受到異能的氣息。然而，從略遠處卻隱約傳來熟悉的波動，由此可知在卡利基亞宅邸的某個角落，存在著蘊含異能的物品。

雖然還需要另外確認，那是否就是那天他和里嘉圖在別墅走動時帶在身上的物品。

希莉絲的目光落在感受到異能的方向。看著希莉絲的側臉，泰爾佐的嘴角勾出一抹微笑。

「是的，這裡是家主和維奧麗塔特別珍惜的地方。」

聽到接下來的話，希莉絲的視線轉了回來。

「這是羅賽妮還在卡利基亞家時親自布置的溫室。」

從泰爾佐・卡利基亞口中說出羅賽妮的名字時，多少給人一種陌生的感覺。

另一位卡利基亞的公主，同時也是維奧麗塔的姐姐及馬格的母親。還有，她也曾經是泰爾佐的未婚妻。

「羅賽妮和維奧麗塔是關係相當親密的姐妹。可能是因為年齡差距較大，所以兩人不曾吵架。」

泰爾佐慢慢環顧溫室，回憶著往事。

「我只有堂親或表親，雖然沒有體驗過親兄弟之情，不過我覺得她們看起來非常美好。在很小的時候，我也會加入她們，經常玩在一起。」

擺放在希莉絲面前的茶杯散發著淡淡的香氣。相反的，泰爾佐面前卻空無一物。

「找到馬格之後，維奧麗塔是第一次重拾和當年一樣的笑容。」

泰爾佐似乎也知道自己是這裡的不速之客，所以他在任何地方都沒有留下痕跡，只是靜靜待在原地。

「馬格是羅賽妮的孩子，維奧麗塔大概願意為他付出一切。說不定……」

泰爾佐的嘴角閃過一抹難以解讀的微笑。

「就連家主之位也是。」

那是介於冷笑和嘲笑間的曖昧微笑。

希莉絲沒有回應他的話，而是拿起茶杯放到嘴邊。

在希莉絲知道的過去，維奧麗塔懷疑著泰爾佐。在被退婚後，找出在外面和其他男人共組家庭的羅賽妮並殺死她，最後綁走馬格的犯人會不會就是他？

背靠長老們的泰爾佐被解除婚約後，在卡利基亞內部的立場變得相當尷尬。

雖然是策略聯姻，但是站在他的立場，在未婚妻單方面的拒絕和變心後，可能還是會覺得自己被背叛了。所以泰爾佐去找離開家族與其他男人結婚，過著自由生活的羅賽妮進行報復，確實是非常有可能的結果。

而且，如果當時的他知道了馬格的存在，必然會感受到威脅。

眾所周知，卡利基亞家長老們原本打算讓泰爾佐和羅賽妮或維奧麗塔結婚，藉此在家族內部掌權。然而，自從馬格出現後，他們毫不掩飾地改變了態度。

在長老們得到可以製造寶玉的馬格取代維奧麗塔後，便燃起讓馬格成為傀儡家主，他們則在背後操縱卡利基亞家的野心。

雖然沒有人直接說出來，但不難推斷出長老們新規劃的未來藍圖裡，並沒有泰爾佐的立足之地。因此，維奧麗塔懷疑泰爾佐的原由十分充分。

據希莉絲所知，泰爾佐．卡利基亞也知道維奧麗塔在懷疑自己。不過，在希莉絲經歷的過去中，他從來不曾向維奧麗塔自辯清白。

在希莉絲眼中，泰爾佐是個難以看透的男人，就算重生了這麼多次，她也無法理解他內心的想法。

「也許正因為她們是親近的血親，才辦得到呢。一起度過的時間以及身上流著相同的血，當然會感受到與眾不同的愛。」

完全抹去微妙神色的泰爾佐，朝希莉絲微微一笑。

「不過，因為我是獨生子，再加上父母早逝，從小被長老們撫養長大，所以不太懂這些。伊諾亞登家主呢？」

希莉絲放下手中的茶杯。

「我也一樣。不過對於骨肉至親，在任何情況下都能感受到深刻的愛嗎？」

泰爾佐．卡利基亞不可能不知道伊諾亞登家的情況，所以當著希莉絲的面這麼問，可以說是相當無禮。但是，泰爾佐面對她的表情太過自然，表面上感覺不到他有什麼負面意圖。

「不管是誰，如果有可以分享心情、可以依靠的人，應該都是一件好事。」

希莉絲回應的語氣不帶任何情感。

「不過對我來說，家人是連陌生人都比不上的存在，所以如果問我單憑血緣，是否就能感受到無條件的愛，我只能給予否定的答案。」

「原來如此。看來家主也無法對家人敞開心扉。」

「他們對我來說是不如不存在的人，所以當伊諾亞登一歸我所有，我便乾脆將他們統統驅逐了。」

希莉絲打量著溫室裡的風景，漫不經心地回答，溫室裡陷入片刻寂靜。

不久後，溫室的入口處傳來一陣動靜。

「已經到了這個時間了。」

泰爾佐大概也聽到了，於是從椅子上起身。

「我應該感謝伊諾亞登家主。」

他微笑著向希莉絲微點頭致意。

「其實，我只是想以陪伴家主聊天當作藉口，再次進來這個間溫室看看。」

用讓人分不清是開玩笑還是認真的語氣，泰爾佐又笑著補充。

「因為我被禁止出入溫室。」

希莉絲靜靜看著向自己告別後離開溫室的背影。

在希莉絲拜訪卡利基亞家時，伊克西翁回了一趟貝勒傑特宅邸。因為他收到先前派出去調查怪物事件的人已經返回的消息。

「是在後院嗎？」

「是的。」

伊克西翁走向傳來嘈雜聲的地方。那裡微弱地凝聚著不久前在亞美利耶宅邸和透過鏡子前往之處感受過的怪物的氣息。

「家主！」

人群中的施萊曼看到伊克西翁，愉快地揮了揮手。

面對這種隨便的態度，旁邊有不少人瞪大了雙眼。不過施萊曼像往常一樣無視一切，露出開朗的笑容。

伊克西翁一走來，眾人便紛紛讓道。

「看來這是伴手禮呢。」

伊克西翁看到了被異能束縛住，固定在地上的生物。

吼……

那是流出汩汩黑色膿液、型態怪異的異形怪物。果然，與在東部出沒的怪物和在亞美利耶攻擊人的怪物是相同的類型。

「沒錯！活捉比想像中還難。」

包括施萊曼在內，這次他帶去的人手身上都或多或少都帶著傷。因為是對異能的防禦能力特別強的新型怪物，處理起來非常麻煩。

吼……！

這時，被施萊曼和其他幾人用異能束縛的怪物開始燥動。

嘎啊啊……！

怪物瞪大黯淡無光的眼球，咆哮般將腦袋向後仰，融化的黑色膿液立刻四處飛濺。

那笨重的身體每抽搐一次，異能形成的鎖鏈也會跟著發出粗糙的摩擦聲，看起來岌岌可危。

「殺掉還比較簡單，直接碾成粉末就好……現在得麻煩家主出手協助了。」

伊克西翁微微瞇起雙眼，看著掙扎的怪物。然後依施萊曼的建議，用異能製造出巨大的鎖鍊加了上去。

束縛身體的異能明顯增強，讓怪物再也無法動彈。

「大家都辛苦了。還有事要報告的人留下，其他人都去休息吧。」

伊克西翁說著，將怪物轉移到事先準備好的地方。

但是怪物消失後，地上依舊殘留著黑色膿液，不僅散發出惡臭，還讓草木漸漸枯萎。

伊克西翁看著後院的慘況，不禁皺起了眉頭。

「施萊曼，你為什麼要把怪物放到後院？」

施萊曼沒有察覺到伊克西翁的不滿，從容不迫地解釋。

「啊，其實一開始我是打算把牠移到空地那邊，可是沒瞄準好。太久沒有解開束縛了，實在很難控制力道。」

他暗示著伊克西翁，如果當初可以早點解除他的力量束縛就好了。

「不過，應該沒關係吧？」

「怎麼會沒關係？」

聽到伊克西翁充滿寒氣的嗓音，施萊曼不禁倒退了幾步。

他訝異地看著滿面寒霜的伊克西翁，不知道自家家主怎麼翻臉比翻書還快。伊克西翁確實對後院變得一片荒蕪感到不快。

他想起了希莉絲很喜歡這座後院，經常會來透氣的記憶。雖然有些模糊，但是伊克西翁也見過自己和希莉絲一起待在這裡的景象。然而，施萊曼卻把這個地方毀了，也難怪他的心情會急轉直下。

施萊曼敏銳地掌握到伊克西翁對他的不滿，連忙開口挽救。

「趁這個機會，把後院重新裝飾一下也不錯。其實這裡一直以來都太樸素了，感覺有點淒涼，現在正好可以種下其他漂亮的花草重新造景，氣氛應該會更好吧？」

對施萊曼而言真是不幸中的大幸，因為這句話說到了伊克西翁的心坎上。

「這個想法還不錯。」

「對吧？」

「你就負責把這裡變得漂漂亮亮的吧。」

「什麼？我嗎？」

「如果我對改頭換面後的後院不滿意，以後就不會再替你解開束縛，你自己看著辦吧。」

「家、家主……！」

身後傳來施萊曼懇切呼喚他的聲音，但伊克西翁直接無視，逕自離去。

泰爾佐背對著希莉絲．伊諾亞登走出了溫室。

「他們對我來說是不如不存在的人，所以當伊諾亞登一歸我所有，我便乾脆將他們統統驅逐了。」

女人毫無感情的嗓音依舊迴盪在耳邊。陽光下，泰爾佐的臉上露出了笑容。

「完全被拋棄掉其他伊諾亞登嗎……？」

輕聲低喃的嗓音也和他的表情一樣溫和，凝視著前方的雙眼卻透著冰冷的光芒。

「啊！」

隨後，泰爾佐遇到了朝溫室跑來的馬格。

「你好。」

馬格停下腳步，向泰爾佐鞠躬問候。

泰爾佐和藹地對男孩說：「真乖。看來你的治療順利完成了。」

「是，因為受的傷沒有很嚴重……」

支支吾吾的馬格突然轉頭向後看。

「泰爾佐，你怎麼會在這裡？」

在馬格身後，臉上透著寒氣的維奧麗塔走了過來。在來之前她應該也聽到了報告，所以不是真的不知道泰爾佐出現在溫室的原因。

「我只是在盡卡利基亞的本分。讓來訪的客人獨自等待那麼久，實在不合禮儀。」

泰爾佐泰然自若地回應。

大概是因為馬格也在場，維奧麗塔努力克制住自己，沒有多說什麼。不過，她凝視泰爾佐的眼神比平常還要銳利。

馬格察覺到氣氛冷了下來，小心地觀察兩人的臉色。見狀，維奧麗塔立刻斂去那樣的神情，並且露出笑容。

「走吧，馬格。希莉絲小姐還在等我們。」

馬格似乎真的很喜歡希莉絲．伊諾亞登。一聽見維奧麗塔的話，神情就立刻變得急切起來，一副想快點衝進溫室的模樣。

「那個……再見。」

雖然馬格依舊有禮地向泰爾佐道別，但態度相較之下明顯生疏很多。

泰爾佐雖然對馬格很親切，卻不像維奧麗塔會主動接近他，所以這也是理所當然的事情。他知道維奧麗塔一直都對自己防心很重，只要稍微接近那孩子一步，她就會用銳利的眼神盯著自己。

「好的。祝你們度過愉快的時間。」

泰爾佐笑著抬起手，好像要撫摸馬格的頭，但是在那隻手觸碰到馬格之前，便被維奧麗塔用力拍落。

維奧麗塔似乎也是下意識這麼做，身體瞬間一僵。

「……因為期待見到希莉絲小姐，難得把頭髮梳理得那麼漂亮，可不能被弄亂了。」

聽到維奧麗塔牽強的藉口，泰爾佐平靜地回應。

「原來如此。那你們快進去吧，不要讓客人久等了。」

維奧麗塔牽著馬格的手越過泰爾佐身旁，泰爾佐也背對著他們邁步離開。

仔細想想，他的人生從未擺脫被擺在某人天秤上的命運，而且至今連一次都不曾當過更重要、更有意義的那一方。

所以在那燦爛陽光宛若珍珠粉灑落的溫室裡，他才暗自做出了最後的決定——

從今天開始，他要真正擺脫維奧麗塔・卡利基亞的影響。

「你好久沒有來這裡看看了。」

「是，這段時間過得好嗎？」

「託你的福。」

里嘉圖迎接來到別墅的泰爾佐，露出尷尬的微笑。泰爾佐．卡利基亞明明對里嘉圖很友好，可是不知為何，里嘉圖面對他的時候卻總是有種不自在的感覺。

「狄雅各前家主的身體是否康復了？」

兩人在會客室面對面坐著，互相問候對方。

一如往常像幽靈般無聲無息出現的傭人，在桌上擺好茶水後立刻退下。

里嘉圖拿起冒著熱氣的茶杯，嗓音沉重地回答。

「我也很希望能告訴你他的病情好轉的消息……不過，情況似乎更加惡化了。」

最近里嘉圖為了狄雅各，沒有一天可以放鬆。當然，最主要的原因還是來自對久臥病榻的父親的擔憂。但是，他不知道自己究竟還要像現在這樣伺候重病的父親多久，於是漸漸感到鬱悶。

「不僅沉睡的時間比以前長，最近也越來越常說一些奇怪的夢囈……我真的不知道該怎麼辦了。」

「原來如此。」

看著神情黯淡地喝著茶的里嘉圖，坐在對面的泰爾佐也舉起自己的茶杯。

「真是太好了，藥效似乎正常發揮作用。」

「什麼？」

里嘉圖瞬間抬起頭。面前的泰爾佐卻一臉坦然，若無其事地喝著茶。

他似乎聽到了什麼奇怪的話……

「你剛剛說了什麼？」

「今天我見到了伊諾亞登家主。」

泰爾佐無視里嘉圖，自顧自說起了其他的事。

聽見他提到希莉絲，里嘉圖的的臉色立刻僵住。看見這一幕的泰爾佐把茶杯傾斜至嘴邊，隱約露出一抹微笑。

「你們……真的完全被拋棄了。」

「什麼……」

「她說你們是不如不存在的人，所以乾脆把你們逐出伊諾亞登家。」

里嘉圖就像被天外飛來的石塊砸中後腦勺，呆呆地看著眼前的人。

「也對，我也不是不知道這些年來你們是怎麼對待希莉絲．伊諾亞登的，所以也不難理解她。」

不理會里嘉圖，泰爾佐繼續說出和他那張毫溫和面容迴異的刻薄話語。

「但是為了以防萬一，我還苦惱了一下用處，不過幸好這邊也沒什麼好忌諱的。」

里嘉圖不知道自己應該先對泰爾佐．卡利基亞說出的侮辱言辭生氣，還是先反問他後來那句話是什麼意思，結果在混亂下一個字也說不出來。

看著這樣的他，泰爾佐再次開口。

「里嘉圖，加百列小姐現在人在哪裡？」

這是不符合當下情況的問題，不過這也是泰爾佐每次來訪時都會提出的問題。

里嘉圖下意識回答：「加百列一大早就外出了……」

此時，里嘉圖突然感受到一股違和。

加百列……今天也出門了嗎？里嘉圖早上確實才送她出門……不只是今天，昨天、前天，甚至在這之前也是……

那個瞬間，腦海中的景象突然變得模糊。仔細想想，不只泰爾佐過來的時候，就連其他時間，加百列也總是不在別墅裡。

「……加百列外出後，有回來過嗎……？」

里嘉圖一陣暈眩，頭也開始隱隱作痛。

「加百列……」

里嘉圖突然發現了令人毛骨悚然的真相。事實上，自從他們來到別墅的第一天，他就不曾再見過加百列了。

他猛然推倒椅子，瞪大雙眼站了起來。

「你把加百列……帶去哪裡了……！」

但是，里嘉圖的話還沒說完，就搖搖晃晃地倒在桌上。

砰！鏘啷……！

被他撞下桌的茶杯在地上摔成碎片。

泰爾佐在毫無動靜的里嘉圖面前，若無其事喝光剩下的茶。

「果然難以理解。」

他的語氣依然平靜無波。

「就算再怎麼思念死去的故人，怎麼會那麼厭惡憎恨自己的親生女兒和親妹妹？」

像輪迴轉世的戀人那樣，殷切地把一個和前妻長得像的女人接進伊諾亞登家當替代品的狄雅各．伊諾亞登很可笑。而光是因為長得像自己死去的母親，就比自己的親妹妹更疼愛繼妹的里嘉圖．伊諾亞登也很可笑。

「我倒是覺得拋棄我的未婚妻和其他男人生下的孩子滿可愛的。」

不知不覺間空下的茶杯被輕輕放在桌上。泰爾佐也知道，維奧麗塔懷疑羅賽妮的死和馬格的囚禁都與他有關。但是，不管她的推測是什麼，那都和泰爾佐身上背負的真相不同。

泰爾佐也是直到維奧麗塔生日當天，看到希莉絲．伊諾亞登抱著馬格出現的那一刻，才第一次知道那孩子的存在。開始這一切的人並不是他。

他也是人，起初聽到事情始末時，也對那孩子的遭遇感到不忍。但是這種話，維奧麗塔也不會相信。他們早已聽過太多人的謊言，無法再聽別人說什麼就相信什麼。

他們擁有的卡利基亞之眼無法相互作用。從有泰爾佐背後有長老支持的那一刻開始，他就成為了維奧麗塔的敵人。

泰爾佐知道光憑一張嘴說出的真心沒有意義，所以選擇了沉默，對此他也從來不曾後悔。

不過，這次可以比較快做出決定，讓這段煩人的時間結束得更快，光是這樣就足以讓他心滿意足……

泰爾佐突然頓住。

「這次」？這實在是很奇怪的說法，好像以前經歷過這種事一樣。

困惑地歪頭的泰爾佐，看著倒在面前的里嘉圖。

「不過，你也不用太擔心，玫瑰貴公子。」

在沒有任何回應的安靜房間裡，輕聲的耳語如細碎的雪花飄落。

「我需要的材料不是你們父子那麼珍惜的加百列小姐，而是你。」

「妳遲到了。」

「發生了一些事。」

黛博拉・蒙德納冷冷看著眼前的人。考慮到目前只超過了約定時間五分鐘左右，她的反應有些太過尖銳。

「我不像芝諾夫人那樣悠閒。希望您務必遵守約定時間。」

蹺著腿斜倚在沙發上的芝諾・貝勒傑特，看向今天格外易怒的黛博拉。

「妳看起來心情不太好呢，黛博拉。」

「我的心情從卡利基亞寶玉出現在這個世界上開始，不是一直都差不多嗎？」

推測這句話中的真正意義，對芝諾來說並不難。但她只是發出帶著笑意的輕嘆，沒有其他反應。

「聽說妳前幾天在王宮見到了孩子們？」

聞言，黛博拉的眼神變得犀利。

雖然聽起來像在說一些流著鼻涕到處亂跑的小孩，但芝諾指的其實是四大家族的家主。

「看他們還在地上留下了痕跡，好像玩得很開心。」

芝諾輕易看穿黛博拉的情緒如此激憤的原因，才說出這樣的話。

「在他們之中，我也對希莉絲·伊諾亞登很感興趣。妳在近處看過之後感覺怎麼樣？」

黛博拉想起那天接觸過的伊諾亞登家主。

「她有些地方和芝諾夫人很像。」

說著，她端莊的臉上浮現一抹扭曲的微笑。

「她是一個自認全世界最厲害的傲慢又自大的女人。」

這樣形容四大家族的家主及前家主，可說是極其無禮和荒唐。如果被不知情的人聽到，肯定會嚇得目瞪口呆。

然而芝諾並未露出不悅的神色，反而覺得有趣地勾起一抹微笑。

「黛博拉，聽妳對她的評價那麼差，應該是個不錯的孩子。」

當然，與芝諾不同，黛博拉根本笑不出來。

「芝諾夫人，我就不拐彎抹角了。」

她終於準備說出今天求見芝諾的原由。

「洩漏卡利基亞後裔情報的人是芝諾夫人嗎？」

芝諾臉上的笑意變得更深了。

「那件事不是應該怪罪蒙德納的無能嗎？我記得最後得到的結論是，其中一名負責管理寶石的部下被利益矇蔽了雙眼，而偷偷將寶石賣到了黑市。」

「與這件事有關的手下都是我嚴格挑選出來的可靠之人。您這是要我相信他們因為這種荒唐的理由，讓至今特別花費心力管理的卡利基亞後裔和寶玉外流嗎？」

黛博拉努力平息心裡再次升起的怒火。

事實上，黛博拉一發現原本在她手中的馬格憑空消失，第一個懷疑的對象就是芝諾。事到如今她才將這份懷疑說出口，是因為現在的心情已經變得比當時更焦躁。

而那些不知道她內心的想法，整天只會像傻子一樣把「四大家族的第二次復興期」掛在嘴邊的極保守派家主們，也是原因之一。

「沒錯，親自向本人確認應該是最好的方法。」

芝諾的平靜語氣讓黛博拉雙眼冒火。

「可惜死人不會說話。」

只聽砰一聲，黛博拉猛然推開倒椅子站了起來，雙眼被凶狠的情緒吞噬。

「芝諾夫人覺得這是個玩笑嗎？」

「如果不是玩笑，那是什麼？」

但芝諾直視著她，語氣一變……黛博拉立刻全身發冷，像是被澆了一桶冷水，不得不閉上嘴。

「黛博拉，聽聽妳在說什麼。」

沙沙……

緩緩起身的芝諾朝黛博拉走去，喀噠喀噠的腳步聲迴盪在安靜的室內。

「這件事如果不是遊戲或娛樂……」

黛博拉感覺到覆在自己臉上那隻冰涼的手，輕輕倒抽了一口氣。

「我應該沒理由這麼容忍妳吧？」

抬起她的臉的那隻手，以及耳際的嗓音都很柔和。但是，直直看著她的目光卻冷酷無情到令人毛骨悚然。

「貝勒傑特的芝諾默認蒙德納的罪行和狂妄至今的理由，只是因為這是有趣的餘興節目。」

「……」

「妳現在是想說事情並非如此嗎？」

芝諾再次問道。

「這麼做也沒關係嗎，黛博拉？」

原本冒著汗的背部，現在襲上一陣寒氣。黛博拉像是被巨蛇纏住，連一根手指都動不了，僵在原地看著芝諾。片刻後，黛博拉握緊拳頭，咬牙切齒地開口。

「……芝諾夫人說得沒錯。」

黛博拉雙仰望著芝諾，不久前還在眼底肆虐的情緒已然消失殆盡。

「是的，這不過是一種娛樂而已。」

她平靜地說道，好像之前不曾為此激動過。如同芝諾說的，只有這才是真相。

然而，黛博拉的眼底彷彿埋著一把毒刃，難以掩飾滲透其中的怨毒。

「真聽話，黛博拉。」

芝諾明知這一點，紅唇還是勾起一抹微笑，像是讚許般拍拍黛博拉的臉。

接下來說出的話，卻足以再次讓黛博拉動搖。

「那麼作為獎勵，我就告訴妳吧。其實，確實是我送走了卡利基亞的孩子。」

「……！」

那雙宛若無邊無際深海的藍眸溫柔地彎起。

「妳留了他三年還是四年？這麼長的時間，應該已經非常足夠了吧？」

乍聽之下，芝諾的語氣像是在安撫生氣的孩子，其中蘊含的情感卻非常冷酷。

「黛博拉，我認為妳的第一次實驗事實上已經失敗了。那麼，接下來只剩下第二次，不過那個計畫已經不再需要他了吧？」

芝諾每說一句，黛博拉的眼角和唇角就會微微抽搐。

「這樣的話，妳應該可以放過他吧？孩子們應該在陽光下玩耍、成長才對。」

到目前為止，芝諾顯然不曾干涉黛博拉想做什麼，沒想到卻擅自放走了卡利基亞的繼承者……！而且還厚顏無恥地親口承認了。

「誰說的……」

壓抑的嗓音像是被咀嚼成碎片般，從顫抖的乾燥唇瓣之間擠出。

「是誰說失敗了？實驗還在進行，而妨礙實驗的人正是芝諾夫人。」

黛博拉否定了芝諾的宣判。但芝諾只是用手指輕點她的臉頰，搖著頭說道。

「卡利基亞的眼淚只會對繼承上古血脈的四大家族成員造成影響，並不會為你們這些普通人帶來不曾擁有過的異能。」

「……」

「妳不是利用了卡利基亞的孩子，以聖血代替眼淚做了實驗嗎？但是看看妳得到的結果！」

彷彿已經對這個話題感到厭煩，芝諾的臉上露出無聊的神色。

「現在也只是在不斷增加毫無價值的怪物罷了。」

「就算是這樣……」

「是啊，妳也不是完全沒有本事。不是藉由那些實驗產物發現了新的事實嗎？所以現在只剩第二個計畫了吧？妳手上剩下的……」

芝諾終於收回手，隨著半轉過身的動作，一縷捲曲的黑髮垂落到肩下。

「妳曾經保證過，如果我對馬格．卡利基亞的事情睜一隻眼閉一隻眼，妳就會讓我看到世界被顛覆的有趣光景。」

鞋跟踩在地板上的聲音劃過兩個人之間。

「所以，在我死之前，讓我活得更愉快一些吧。」

芝諾提醒著黛博拉，最後還留下了親切的忠告。

『對了，我那個壞兒子在我身邊安排了貼身跟蹤監視的眼線。所以黛博拉，妳出去的時候走其他的門吧。」

現在他們所在的地方是從以前開始，每次密會時都會使用的場所。王宮裡除了能看到的拱門之外，其實還隱藏了許多房間，而這裡就是其中之一。

芝諾走出房間，在波光如魚鱗般閃爍的湖邊漫步。然而沒走幾步，從茂密的草叢左側便傳來低沉的嗓音。

「我從來不知道您有獨自散步的興趣，母親。」

那是不知什麼時候來到此處的伊克西翁。但芝諾一點也不驚訝，只是發著牢騷道。

「你怎麼沒頭沒腦地冒出來？你派來跟蹤我的孩子跑去哪裡了？」

伊克西翁的臉上毫無事蹟敗露的心虛。

「因為難得有空，我就讓他先回去了。我都親自跟來了，您好歹也歡迎我一下吧。」

不知情的人聽了，一定會覺得反常。不僅是伊克西翁不打算隱瞞自己有派人跟蹤芝諾，而且芝諾也沒有隱瞞她知道自己被跟蹤了。

「你還真是不像話。你應該知道我不是察覺不出有人跟在我後面，而且還不只是一、兩個。」

「我也知道母親不會硬是甩開跟蹤的人偷偷行動。」

因為對彼此很瞭解，所以兩人不需要裝模作樣。

「看來王宮裡有隱藏的空間。明明剛才還沒有任何動靜，您卻轉眼間就出現了。我聽說您剛才消失的時候也是一樣。」

伊克西翁打量了周圍一番。芝諾知道自己被看穿了，但只是笑了笑。

「跟蹤我是個不錯的選擇。如果你可以從我身上發現什麼，那樣也不錯。」

「因為很有意思嗎？」

「因為很有意思。」

對於伊克西翁的提問，芝諾也大方地承認。

「雖然我很難理解母親，但是您這麼做也不是一兩天的事，現在我也不覺得這是什麼新鮮事了。」

伊克西翁默默凝視著芝諾，接著率先轉身。

「我希望現在走著的這條路，不會在盡頭見到母親。」

說完，他便使用異能離開了。

芝諾看著黑色碎片殘影，歪著頭自言自語。

「什麼啊？還說不是那種關係，花香卻比之前更濃了。」

都這樣了，上次還一直嘴硬，真不知道是遺傳到誰。當然，如果這種想法被伊克西翁知道，他肯定又會馬上擺出臭臉。

芝諾凝視著伊諾亞登和貝勒傑特的痕跡混雜在一起的地方，然後做出了決定。

果然，她最近應該找機會去會會希莉絲・伊諾亞登。好久沒有遇到讓自己這麼感興趣的孩子了。

隨後，芝諾也捲起異能離開王宮，心中像平常一樣想著，今晚要讓丈夫替她做鮪魚生魚片。

在月亮升到天頂的深夜時分，希莉絲拿出聖杯仔細端詳。她打算明天帶著聖杯去王宮看看。

當然，她準備一同前往四季之森的首選不是伊克西翁。

雖然知道伊克西翁因為自己和克里斯蒂安・帕爾韋農一起進入四季之森而傷心，不過希莉絲依然認為兩者不可混為一談。

希莉絲把聖杯放在一邊，翻了翻剛才梅依拿來的信件，一如往常無視不值得費心的內容。大致翻過所有信件後，希莉絲考慮回覆其中的兩封。

一封是蒙德納家的茶會邀請函，另一封則是德莫內亞家的初夏狩獵活動邀請函。不過，回信希莉絲決定改天再送出，於是將信暫時放在聖杯旁邊。

「……」

希莉絲坐在床上看著漆黑的窗外，然後身子向後一倒。一聲輕響後，背部陷入了柔軟的床墊。她靜靜躺在床上，凝視著天花板。

稍早從回貝勒傑特家一趟的伊克西翁口中聽說，他們活捉了一隻變種怪物。出現新品種魔物的事件不只是貝勒傑特的問題，所以四大家族不久後都會收到正式文件。

這些變種怪物並非那些卡利基亞之血實驗最終想達成的目標，只是在過程中產生的副產品，可以說是失敗之作。雖然前世的所有事情沒有完全按照相同的方式或軌跡發生，不過大致上還是差不多。

今天希莉絲也向泰爾佐・卡利基亞坐實自己與家人已經完全斷絕了關係。

她知道被自己逐出伊諾亞登家的三個人目前在泰爾佐的手裡。所以才會刻意告訴他，沒有必要因為他們和希莉絲的關聯而猶豫不決。

希莉絲平穩地呼出一口氣，並閉上雙眼。關於那些人的思緒就此結束。隨後，她的思緒轉移到了今天見到的維奧麗塔和馬格，以及現在人在伊諾亞登宅邸裡的伊克西翁身上。

雖然知道卡利基亞宅邸裡有蘊含著異能的物品，今天卻沒能把那個東西帶回來。因為與以往的暗夜探訪不同，這次她的行動受到了制約。因此，希莉絲打算之後再次拜訪卡利基亞家。到時候要不要帶上一些馬格喜歡的餅乾或者蛋糕之類的呢？

希莉絲突然想起上一世的馬格說過想去海邊看看。然而，由於外部存在很多不可控的危險，再加上馬格還要接受繼承者教育，時間上也不充裕，結果沒能成行。

雖然她私下建議過，可以拜託伊克西翁用異能帶他一起移動，不過當時才十五歲的馬格卻笑著婉拒絕了希莉絲。

但是現在的希莉絲也可以使用異能移動了，她可以親自帶著馬格前往海邊。不過，希莉絲不知道現在十一歲的馬格想不想去海邊就是了。

希莉絲想著這些，然後翻身把臉埋進床裡。

……為什麼又像個傻瓜一樣，還想要牽扯在一起呢？

希莉絲曾經拚命掙扎，想盡辦法改變她知道的未來。在她的第七世人生中幾乎成功了。雖然那也不是一段完美的人生，不過希莉絲認為這樣已經足夠，說不定可以迎來讓她滿意的死亡。

但是，希莉絲最後還是失敗了。馬格在迎接十六歲生日的那天被殺了，而維奧麗塔也因此受了重傷，在鬼門關前掙扎。

彷彿每個人都有註定好的命運，她才覺得好不容易度過了一道難關，隨即又會出現另一個泥淖，掐住自己的咽喉，讓過去拚命掙扎的時間都變得毫無意義。

所以……所以希莉絲如今只想死去。

所以在上一世的最後，她才會下定決心再也不與任何人結下緣分。

可是如今，這一切都被伊克西翁推翻了。

希莉絲明明已經對生活不再抱有期待，伊克西翁卻以那種方式……用那種方式碰觸她，將她拉進懷中，讓她那些已經被埋葬的留戀一點一點往上冒，想長出新的嫩芽。

「**因爲還沒有徹底滿足，才會這樣**。」

這時，希莉絲的腦中又響起了寶石的聲音。

「**等徹底擁有之後，渴望的心應該也會得到安撫**。」

希莉絲熟練地無視了那道聲音。這並不是它第一次用這種方式迷惑她。

更何況，自從和伊克西翁第一次接吻後，每天晚上寶石的聲音都像現在一樣在腦中響起，妨礙她的睡眠。

然而，接下來的話，讓希莉絲再也不能繼續無視下去。

「**直到覺得厭煩為止都認妳恣意觸碰，然後再將他吃掉。也就是讓他完全屬於妳。**」

希莉絲從床上彈坐起來，低垂的金色眼眸瞬間充滿寒意。

那道聲音總是胡說八道，希莉絲只是不想計較，沒想到現在卻越說越離譜了。

「閉嘴，不要再胡說八道。」

儘管面對希莉絲冷漠的斥責，聲音依舊不停竊竊私語。

希莉絲有發現，寶石說的話敏銳第反映了自己長期以來壓抑的欲望。所以隨著時間過去，她也越來越難在神智清醒的狀態下聽寶石說的話。

今天希莉絲再也無法繼續忍受，於是拿出了一瓶酒。她已經好幾天沒睡了，打算直接藉著酒意昏睡過去。

然而，當時的希莉絲並不知道這是個錯誤的決定。

今夜也是無法順利入眠的夜晚。伊克西翁最近總是反覆回想起發生在他身上的事。尤其是今天，活捉的怪物加上和芝諾的祕密，很多都需要他進一步思考。

而且，還有芝諾給他的鑰匙。

不知道為什麼，伊克西翁總覺得自己似乎看過這把鑰匙。也許鑰匙和王宮有關，他決定今後只要一有時間，就要集中調查那些地方。

在四季之森裡，還有其他伊克西翁想盡快確認的東西。最重要的是，他想打聽上次王的殘痕與希莉絲對話的內容。但希莉絲似乎無意和他一起前往四季之森。

所以，這邊也要用其他方法嗎？

伊克西翁默默思考著，抬起手臂壓在雙眼上。時間不知不覺已經過了凌晨兩點，他卻依舊沒有一絲睡意。

唰啦！

「……！」

就在這時，伊克西翁感覺到異能的動向。他放下手臂，從床上撐起上半身。

當他看到出現在床邊的小型花瓣風暴，不禁瞪大了雙眼。

終於，在慢慢減弱的輕風中，伊克西翁意料中的那個人出現了。

「希莉絲。」

站在月光下的希莉絲與伊克西翁四目相對後，立刻頓住了。

剛開始，伊克西翁還以為希莉絲又獨自使用了鏡子。不久前也是因為鏡子失靈，讓希莉絲移動他的房間。

不過，剛剛她明顯是用了伊諾亞登的異能。如果是這樣，那麼這次的到訪便完全是出自希莉絲的意願。

「這麼晚了，有什麼事嗎？」

伊克西翁暫時壓下心中的訝異，開口問道。

這時，他發現希莉絲好像有一點奇怪。伊克西翁從床上坐起，仔細打量眼前之人的面容。

「我的腦袋裡鬧哄哄的。」

希莉絲最終呢喃著回答了，但伊克西翁完全沒聽懂。

「那道聲音一直讓我來找你，我根本睡不著。」

「聲音？」

伊克西翁正準備下床，但眼前的白色睡裙留下了縹緲的殘影，隨著睡衣主人的動作在月光中盪漾，甜美的香氣隨之越近。看著一步步朝自己走來的希莉絲，伊克西翁情不自禁地屏住呼吸。

圓潤的膝蓋壓上了床，形成了兩處淺淺的凹陷。順著臉側垂下的長髮眩目地在伊克西翁眼前飄盪。

希莉絲朝著爬上床後，朝近在眼前的伊克西翁緩緩伸出手。柔軟的指腹撫過伊克西翁的額頭，魔挲過眼角，然後繼續向下。

撫摸著臉頰的觸感與溫度著實太過鮮明，伊克西翁頓時全身僵硬，彷彿化身成了一尊石像。

「果然……和你在一起的時候才會安靜下來。」

希莉絲依舊說著讓人聽不懂的話，一邊吐出混著喟嘆的氣息。

在濃郁的馨香間捕捉到一絲微弱的酒精味，伊克西翁緩緩放鬆了僵硬的身軀。

「妳喝酒了。」

他心想，這些無法理解的話和突發行動，都可能是因為希莉絲喝了酒。

看到在深夜時分來到自己房間的希莉絲，伊克西翁產生了各式各樣的想法……不過現在他稍稍冷靜下來，看著眼前的精緻面容。

「原來妳也睡不著嗎？」

不久後，他把覆上希莉絲仍停留在他臉上的手。

「當然……」

然後，他把希莉絲的手拉了過來，親吻著纖細的手指，並低聲呢喃道。

「過來吧，我也覺得夜晚很漫長。」

希莉絲敢保證，這比每天晚上都讓她睡不著的寶石的聲音更有魅惑力。她默默看著伊克西翁，隨後向前移動。

伊克西翁將摟住自己脖子的希莉絲拉入懷中。

撲通……

兩人重疊在一起的陰影緩緩傾斜，最終完全倒在床上。

「抱歉，希莉絲。」

伊克西翁思考了片刻他們的狀況究竟為何會變成這樣。

「不過，我想要換個姿勢。」

他輕聲請求，但抱住伊克西翁的手臂沒有鬆動的跡象。

希莉絲趴在伊克西翁身上，手臂纏繞在伊克西翁的脖子上，把他的頭緊緊抱在懷中。換句話說，伊克西翁正被希莉絲的雙臂扣住，臉被迫埋在她的胸前。撩撥著嗅覺的甜美香氣太過刺激，讓伊克西翁腦中警鈴大作，不敢大口呼吸。

更重要的是，希莉絲身上穿著的睡衣……太過輕薄了。

只隔著一層薄布緊貼著伊克西翁變得異常敏感的身體，希莉絲的肌膚觸感鮮明到讓人感到為難。

當然，伊克西翁也有試著擺脫這種狀況。但只要他一動，希莉絲反而會用上更大的力氣牢牢抱住他，結果沒過多久，伊克西翁就不得不放棄憑一己之力掙脫希莉絲懷抱的想法。

若是論腕力，伊克西翁當然占據絕對優勢，使用蠻力一定可以強行分開自己與希莉絲。但是伊克西翁擔心自己會不小心弄疼希莉絲，甚至對她的身體造成傷害，於是根本不想嘗試。

直到他完全死心以後，希莉絲這才放鬆束縛著伊克西翁的手臂。接著，她就像在稱讚伊克西翁一樣，開始胡亂搓揉著伊克西翁的髮絲。

伊克西翁頓時覺得自己變成了寵物，卻也沒有感到不快，於是帶著微妙的心情乖乖接受希莉絲觸碰。

「好奇怪。」

稍後，頭頂上響起一陣細微的聲音。

「哪裡奇怪？」

伊克西翁趁希莉絲放鬆的空檔，把自己的臉稍微離開她的胸前反問道。

「你像這樣待在我的懷裡，感覺好奇怪。」

聽到希莉絲接下來的話，伊克西翁頓住了。

「我啊……其實從很久很久以前，就一直想像這樣抱著你。」

伊克西翁從未想像過會聽到希莉絲說出這種話。現在這種感覺該怎麼描述？沒錯，就是心癢癢的感覺。這個世界上哪有人聽到戀慕對象說其實早就想擁抱自己，會覺得心情不好？

伊克西翁認為，現在就算要他成為希莉絲的寵物，他也非常樂意。

「還有呢？還有其他想做的事嗎？」

伊克西翁淺笑著說道，彷彿在告訴希莉絲不管她想做什麼都可以。

聞言，希莉絲放慢了撫摸伊克西翁髮絲的動作，接著鬆開抱著伊克西翁脖子的手臂。她那微捲的長髮往下垂落，讓伊克西翁的臉頰微微發癢，白色的睡裙下襬也鋪散在他身上。

伊克西翁看著坐在自己腹部上的希莉絲，嘴角的微笑慢慢消失。

「不要亂動。」

希莉絲面無表情地低語，嗓音帶著微妙的魄力。而後她緩緩俯身。

啾！

紅唇壓在伊克西翁的臉上，輕輕啄著。

就像上次伊克西翁做過的那樣，希莉絲胡亂親吻著他的臉，在每個角落留下搔癢的觸感。伊克西翁不知道該不該笑，只能暫時任希莉絲為所欲為。

在擁抱之後，居然親吻了自己的臉頰。雖然平時的希莉絲很可愛，但喝醉的她更是可愛到讓人不知如何是好。然而，當伊克西翁感覺到原本只在臉頰上游移的唇瓣開始往下移動時，他的平靜也開始潰散。

「等一下。」

啾！

「希莉絲。」

啾！

伊克西翁急忙開口呼喚她。然而，吻個不停的雙唇讓他無法正常說話。最終，當濕潤的軟唇和氣息落在他喉結上的瞬間，平放在床上的手開始顫抖。

希莉絲似乎覺得上衣礙事，於是將原本就解開了幾顆鈕釦的前襟撥開，繼續對他進行接吻洗禮。伊克西翁不知不覺用力到骨節突出的手，死命抓緊旁邊的枕頭。

「……夠了，希莉絲。」

不久後，被壓到極低的嗓音從伊克西翁喉中傳出。希莉絲卻還是沒有停下來，伊克西翁不得不抓住她的手臂。

「我叫妳……不要亂動。」

聞言，希莉絲不滿地皺起眉頭，輕輕啃了啃伊克西翁的喉結，好像叫他不要來妨礙自己。

這實在是難以忍受的刺激，伊克西翁咬緊牙關，抓住希莉絲的手臂翻過身去。

瞬間，兩人的視野互相調換了。

低沉的咆哮劃過耳際。希莉絲抬頭看著把自己壓進床裡，翻身覆在她身上的男人。

「我叫妳住手。」

看著伊克西翁那張僵硬得嚇人的臉，希莉絲問道。

「你生氣了嗎？」

「你這麼對我做的時候，我很喜歡……難道你不是嗎？」

在那個瞬間，伊克西翁突然停下所有動作。他正在努力平息體內不斷冒出的熱氣，

心臟卻突然被這番話擊沉了，只覺得渾身發麻。

她很喜歡……她喜歡他撫摸她、親吻她……

費盡全力才壓抑住的欲望掙脫韁繩，準備恣意奔騰。但伊克西翁急忙聚集僅存的所有耐心。

現在的希莉絲喝醉了，把這當成機會，肆無忌憚滿足自己欲望簡直禽獸不如。他絕對不想做出可能會讓希莉絲在酒醒後感到一絲後悔的事。

伊克西翁深呼吸後，靜下心來說道。

「不管妳對我做什麼，我當然都喜歡……不過今天我還是希望妳能就此打住。如果妳不是為了折磨我……」

「所以你生氣了嗎？」

「當然不是。我怎麼可能對妳生氣？」

「你以前不是對我發過脾氣嗎？」

「什麼？」

希莉絲的話讓伊克西翁一愣。

「我什麼時候……」

他下意識反問的時候，突然想起一件事。

啊……仔細想想，雖然情況與現在完全不同，不過他確實對希莉絲發過火。

在四季之森的王之祭壇前，看到手裡不斷流血的希莉絲的時候……

另外，伊克西翁還記得，自己也對獨自使用未知危險性的鏡子跑到貝勒傑特宅邸的希莉絲嘮叨了一通。

還是，希莉絲說的是那個時候的事？難道是他在四季之森的結界前攻擊克里斯蒂安．帕爾韋農的事……應該不是吧？當時他那麼做，不是在對希莉絲生氣。

然而，希莉絲接下來的話也出乎了伊克西翁的預料。

「在第六世見面的時候，那時候你對我非常冷淡。」

「第六世……？」

對於伊克西翁來說，這是他不會知道的事。

那是什麼意思，而且還說他對希莉絲很冷淡？伊克西翁直覺地意識到，這並不是希莉絲的醉話。而是與希莉絲和王之殘痕的對話，以及現在伊克西翁失去那些記憶的原因有關。

「我曾經那麼做嗎？」

伊克西翁抱著越來越深的疑慮，小心翼翼確認。

原本與他對視的希莉絲似乎不想看到他的臉，立刻別開視線，伊克西翁以為自己的心臟墜落了無底深淵。

「沒錯。當時我們一見面，你就說我像傻子一樣。」

「……！」

希莉絲接二連三說出的話，為伊克西翁帶來了巨大的衝擊。

傻子？自己居然對希莉絲說過這種胡話？他反射性想否認。

「是妳嗎？像傻子一樣把事情搞成這樣的人。」

如果不是隨即隱約浮現在腦中的場面，伊克西翁早就出聲反駁了。從水面下猛然跳出的記憶碎片讓伊克西翁倒吸一口氣。

「居然到處散布異能的痕跡。才剛覺醒，對力量的使用都還不熟練的小鬼，到底是為了什麼，竟敢一個人闖入這麼危險的地方？」

記憶中的背景是骯髒、陰暗的建築物內部。在那裡，伊克西翁和希莉絲面對面站著。

「難道這是最近流行的新自殺方法？還是因為仗著擁有不值一提的力量，就誤以為自己變成了了不起的人？不管妳是哪一種，都讓人看不下去。」

記憶中，伊克西翁真的對應該是剛見面的希莉絲，用那種冰冷語氣不斷斥責。

「如果那麼想炫耀自己的力量，何不去找其他地方？不要一直在我面前礙事。」

而站在他面前的希莉絲……臉色蒼白，一句話也說不出來，默默聽著伊克西翁的惡言相向。她的眼中盈滿彷彿就要墜落的淚水，但是無論如何都不想真的哭出來，於是緊緊咬住唇瓣，甚至都瘀血了。

怎麼可能？

對於剛剛浮現在腦中的過去回憶，伊克西翁十分震驚。

他瘋了嗎？怎麼能那樣對希莉絲胡言亂語……！

伊克西翁很想掐死記憶中的自己。雖然不知道他是在什麼情況下才做出那種反應，可是對於現在的伊克西翁來說，這是絕對不能原諒的行為。

「你會那麼做，是因為我犯了太大的錯。」

正當伊克西翁受到巨大衝擊而啞口無言的時候，希莉絲先開口了。

「因為我也很討厭自己，對自己感到很羞愧，所以可以理解你為什麼不喜歡我。」

「不是的。」

伊克西翁連忙否認。

「我沒有討厭過妳。這太誇張了。我絕對沒有。」

這是伊克西翁有記憶以來遇到的最大危機。他拚命表明自己的心意時，希莉絲總算回頭與他對視。

她默默凝視著伊克西翁，隨後緩緩開口。

「你沒有討厭過我嗎？」

「沒有，絕對沒有！」

「真的嗎？」

「當然是真的。」

「那你喜歡我嗎？」

喝醉的希莉絲不斷向伊克西翁提出平時就算天塌下來，也絕對不會問出口的幼稚問題，直白地要求他回答。幸好，那些對他來說都是無需猶豫的答案。

伊克西翁直視著希莉絲的雙眼，希望自己的真心能傳達給她。

「我喜歡妳。喜歡到如果妳想要，我現在可以立刻去死。」

希莉絲也沒有迴避視線，仔細端詳著伊克西翁的雙眼。片刻後，她撫上他的臉頰。

「不要死。」

「妳原諒我了嗎？」

伊克西翁也舉起手，罩住希莉絲覆在臉上的手。

「別人先不說，但是我希望你不要對我生氣。」

「不會的，我發誓。」

伊克西翁帶著堅定的決心和真心，盡他所能地堅決說道。

但是，聽到接下來的話，他又吐出了壓抑的呻吟。

「當時的我其實真的很傷心。所以在你離開之後，我一個人哭了很久。」

伊克西翁再次惡狠狠地罵了記憶中的自己一頓。

不管希莉絲當時犯了多大的錯，他都應該站在她那邊。可是他卻用那種方式對她說出傷人的話，甚至還讓她獨自哭泣，伊克西翁無法原諒那樣的自己。

「我真的做了一件壞事。我才是那個傻子。」

伊克西翁像是安慰希莉絲般，親吻著她的臉，一次又一次道歉。

「如果妳想要，妳可以盡情罵我、打我，直到妳滿意為止。」

當然，就算這麼做，也無法不留痕跡地抹去曾經發生過的事。

伊克西翁懷著難以言喻的愧疚，將自己的額頭貼上希莉絲的。

難道除了那件事之外，自己還做了其他傷害她的事嗎？伊克西翁暗自在心中祈禱，希望自己的擔憂不會成真。

如果在自己不記得的過去，他真的做過比這更讓希莉絲傷心的事，這要他以後該怎麼見希莉絲？難道是因為這樣，希莉絲才會叫他不要想起來嗎？

希莉絲對上了伊克西翁那雙交織著複雜情感的眼眸。因為兩人的額頭互相靠著，伊克西翁與希莉絲之間的距離靠近到呼出的氣息混雜在一起。

看到伊克西翁尷尬的表情，希莉絲微微勾起嘴角。雖然非常模糊，不過可以被認定是微笑的細微痕跡，再次吸引住伊克西翁的目光。

「好，那你不要亂動。」

對於乖乖不動的伊克西翁，希莉絲卻沒有動手毆打，而是輕輕吻上他的唇。

希莉絲就像在懲罰伊克西翁，略微用力地吸咬著他的唇。不知道是故意，還是無意識下做出的行為，希莉絲的另一隻手沿著伊克西翁的肩膀往下，掃過他的背脊。

那瞬間，在伊克西翁的腦中一直驚險維持的忍耐突然斷裂。

「妳，呼……妳真的打算殺了我嗎？」

像是刮過地板般低沉粗糙的呢喃響起，這次由伊克西翁襲擊了希莉絲的雙唇，接吻的主導權也瞬間被他奪走。

「嗯……」

他固執地搓揉、舔舐著希莉絲反應最強烈的敏感處，讓她繃緊著後頸，腳尖也不由得蜷曲起來。

希莉絲的身體瞬間開始發燙，游移的大掌手輕揉她發紅的耳尖。希莉絲情不自禁地咬住伊克西翁的舌頭，然而對於此刻的伊克西翁，這都只是快感的一部分。

「呼……唔。」

等他的雙唇終於放過希莉絲，便沿著下顎的輪廓烙下一次次親吻，最後一口咬住耳垂。希莉絲顫抖著身子，緊緊抓住伊克西翁的手臂。

就像掉入深水中，想要尋找可以救命的浮木那樣，她的動作可憐又迫切。伊克西翁與那樣的希莉絲十指緊緊交握，將糾纏在一起的手壓在床上。

原本就沒有扣好的睡衣因為他的觸碰，輕易地從肩膀上滑落。伊克西翁舔吮著希莉絲裸露的細頸，接著輕輕啃咬起來。

高挺鼻梁和濕熱雙唇的觸感讓希莉絲顫抖，裸露在外的雪白香肩上，也被火熱的唇烙下印記。

不論伊克西翁做了什麼，希莉絲都沒有表示反感，好像不管他對她做什麼都沒關係。

伊克西翁越吻越是乾渴。希莉絲身上散發出的香氣似乎比剛才更加濃烈，讓他發熱的腦袋暈頭轉向，只想就這樣讓希莉絲全身都布滿自己的痕跡。

有什麼不可以這麼做的理由嗎？先親吻他的人是希莉絲，而且現在還表現出對她做什麼都可以的樣子，完全沒有任何抵抗。

然而不久後，伊克西翁艱難地停下了動作，拱起僵硬的背部。粗重的呼吸聲從希莉絲頸間流瀉而出。被結實大掌緊緊抓住的枕頭不知何時被扯破了，到處都是羽毛。

「……懲罰果然就是懲罰。」

伊克西翁立刻抬起頭，垂眸看著被自己壓在身下，衣衫不整的希莉絲，並咬緊牙關。他的眼眸裡還搖曳著尚未熄滅的熱火，但伊克西翁強行壓下看不到冷卻跡象的燥熱，把半掛在希莉絲身上的睡衣拉好。

「拜託妳下次不要喝酒，直接來我房間找我。不管白天還是晚上，隨時都可以。」

從伊克西翁的嘴裡吐出飽含真心的壓抑嗓音。

希莉絲看著他，似乎不太理解現在的狀況。伊克西翁將希莉絲的衣服完全整理好後，心煩意亂地看著她，然後他用熱意未退的唇再次吻住了希莉絲。

「嗯，伊克西翁……」

希莉絲也積極回應，考驗著伊克西翁的自控能力。

最後，他還是強忍住滿滿的留戀，抱著希莉絲在床上躺下。

「快睡吧，時間已經很晚了。」

被伊克西翁抱在懷裡的希莉絲似乎不太舒服，微微蠕動了一下身體。接著，她用手臂圍住伊克西翁的背，回應了他的擁抱。

柔軟的身體更加緊密地與自己貼合，甚至連腿也糾纏在一起，伊克西翁不由得全身僵硬。

「希莉絲……妳靠得這麼近……我有點……」

但是希莉絲什麼也聽不進去，反而把臉埋入他的胸口，從雙唇間吐出滿意的喟嘆。

伊克西翁無法分辨這是甜蜜的地獄，還是痛苦的天堂，只能低聲呻吟著。

他馬上死了心，伸手將旁邊凌亂的被毯拉過來，蓋在希莉絲身上。他自己的身體卻因為熱意蒸騰，根本不需要蓋被。

片刻候，伊克西翁將臉埋入希莉絲散落在床上髮絲中。

「唉……」

他低聲嘆息。今晚要好好睡一覺的計畫已經完全泡湯了。

「嗯……」

昨晚好像做了個好夢。希莉絲難得睡了個好覺，醒來時感覺格外輕鬆。但是，這股輕鬆的感覺僅限於精神上，她的身體反而不知道為什麼有些沉重。

「……怎麼回事？」

希莉絲疑惑地掀開眼簾，眨了眨幾下睡意尚未完全褪去的雙眼。微微擴散的晨曦看起來很是耀眼。她側躺在床上，看向窗邊。

然而，房間裡的景象有些陌生。總覺得這裡好像不是她的房間……瞬間，希莉絲的睡意完全消失，並瞪大雙眼。

昨晚的記憶瞬間湧入腦海中。這裡分明是伊克西翁的房間，而且昨晚她在這裡睡著了。知道這個重大事實後，希莉絲立刻推斷出身體會感覺如此沉重的原因。

某人從背後環抱著希莉絲。當然，那個人便是伊克西翁。

由於天生的體格差異，她的身體有一大半直接被埋在他的懷中。結實的手臂緊緊摟住希莉絲的腰，讓她無法大口呼吸。伊克西翁的手覆住希莉絲放在胸前床單上的手，並緊緊握住。

「可以再睡一下。」

這時，頭頂上響起低沉的嗓音。或許因為是早上而比平時低沉，聽到的瞬間，希莉絲就像被雷劈到一般全身僵硬，耳尖開始發熱。

「我已經交代過傭人，要她不用來喚醒妳。」

纏繞在腰上的手臂又把希莉絲抱得更緊一些。本來以為無法再更靠近了，不過或許是還留有一點縫隙，這次兩人的身體更加緊貼著彼此，火熱的體溫也隨之滲入背部。

希莉絲的頭頂一沉，應該是伊克西翁將下巴靠了上來。希莉絲全身上下都被束縛得無法動彈，只覺得自己快要窒息了。

不久前，伊克西翁藉由懷中之人略為不穩定的呼吸和僵硬的身體，知道對方已經醒來了。

不同於一夜沒睡好的他，希莉絲昨晚並沒有翻來覆去或大聲打呼，而是安靜地沉睡著，這讓伊克西翁感到很是失落。

儘管是在喝醉後神智不清的狀態下，伊克西翁還是很高興希莉絲主動跑來找他。即使如此，對伊克西翁來說，昨夜依舊非常難熬。

他的指腹緩緩勾勒著仍然被自己握著的手，懷中的身軀頓時一震，微微瑟縮了一下。

「如果妳不打算繼續睡……」

伊克西翁靜靜抱著希莉絲，然後將唇印在她微微泛紅的耳廓和頸項間。

「也可以和我一起做點其他的事。」

希莉絲猛然坐起身，驚慌失措地回頭看著伊克西翁。

伊克西翁也緩緩撐起身，打量了一下她的神情，再次開了口。

「看來昨天的事妳全都還記得。」

確實，希莉絲喝了酒後自己跑來找伊克西翁的事，以及在這裡和他進行了什麼內容的對話、做了什麼事，她全都記得一清二楚。

說不定忘了還比較好……她甚至還提到伊克西翁根本不記得的前幾世發生的事，又向他吐露當時自己有多傷心，想到這裡，希莉絲只想一頭撞死在床上。

「首先，我絕對不是因為生妳的氣，或是想要指責妳才這麼說。不過，妳以後最好還是不要喝太多酒。」

聽到伊克西翁小心翼翼加上的解釋，希莉絲的耳尖感覺更燙了。他顯然是想到昨天希莉絲對他撒嬌，要他以後不要對自己發脾氣的事。

「上次在慶祝宴會上也是。如果喝醉了跑來我這裡倒是沒關係，不過萬一在三更半夜，誤打誤撞去敲了別人的房門，不是很危險嗎？」

不過，在伊克西翁繼續說下去的時候，希莉絲已經大致上調整好表情。她明白伊克西翁在擔心什麼，但這都是多餘的擔憂。

「你不用擔心這種事。」

希莉絲猶豫著要不要告訴他，隨後用手抹了抹臉，低聲嘀咕道。

「我在神智不清的狀態下，會因為想念而去找的人只有你。」

瞬間，伊克西翁露出被擊中要害的表情。

伊克西翁的這種表情看起來意外可愛。也許是因為晨起的氣氛比平時慵懶，而且他亂糟糟的頭髮上還黏著一根羽毛。

看到那樣的伊克西翁，希莉絲實在控制不住衝動，在回過神之前便傾身向前，迅雷不及掩耳地啄上他的唇。希莉絲被自己的舉動嚇到了，猛然一推伊克西翁的胸口，再次拉開兩人的距離。

「我……我要走了。」

唰啦！

她散發出花香，瞬間從伊克西翁的床上消失。伊克西翁獨自呆愣地凝視著滿床的花瓣，然後往後癱倒在床上。

「……她果然是想要我的命嗎？」

殘留在室內的餘香太過甜美。下次真的……絕對不能放手。伊克西翁暗自下定決心，然後像是將自己埋進花叢中一樣，把臉埋進枕頭中。

當天下午，希莉絲難得前往商店密集的鬧區，打算購買要送給馬格的餅乾。

原本她想直接交代梅依去買，不過後來改變了主意，決定親自去挑選。

希莉絲前往的商店是貴族常常出入的最高級商店。或許就是因為這樣，當店主和店員看到伊諾亞登家主希莉絲親自來到店裡，雖然驚訝到眼珠差點跳出來，不過還是相當熟練地接待她。

雖然對方表示，只要坐在招待區，兩人就會把店裡販賣的所有物品一個個送到她面前，不過希莉絲拒絕了這個提議。於是，店主又使出渾身解數，開始介紹櫥窗裡展示的餅乾和蛋糕。

「如果妳不打算繼續睡……」

聽著聽著，希莉絲突然又想起早上發生的事，硬是將懊惱的呻吟吞了回去。

「也可以和我一起做點其他的事。」

即使努力想轉移思緒，分心去做其他事情，希莉絲還是不斷想起昨晚和早晨發生的事，感到相當難為情。

昨天不該喝酒的……

希莉絲默默想著，本以為喝醉了就可以昏睡過去，結果事與願違。

然而她更在意的是，昨晚在伊克西翁停止進一步動作時，自己感受到的竟然不是安心，而是遺憾。甚至在酒意完全消失的今天早晨也是如此。

希莉絲凝視著櫥窗，眼神慢慢變得冰冷。事實上，面對伊克西翁面時，讓她感到壓抑的不是羞澀之類的柔軟情感。每當希莉絲看到伊克西翁，那些無法說出口的沉重苦惱總是會妨礙她，讓她的行動猶豫不決。

叮鈴！

這時，掛在商店門上的鈴鐺輕輕發出聲響。

希莉絲敏銳地覺察到四周的空氣發生了些微變化。鞋跟碰撞到地板的聲音在安靜的店鋪裡迴盪著，有個人走近希莉絲身邊。

「這家店的薄荷軟糖最好吃。」

語調獨特的醇厚嗓音傳來的瞬間，希莉絲的後頸感覺到一絲涼意。

「如果還在考慮的話，也嘗嘗那個吧。」

希莉絲的視線固定在櫥窗上，眼底光芒微閃，片刻後才將目光轉向搭話之人。

首先映入眼簾的是一雙被黑色睫羽半遮住的深邃藍眸。優雅又迷人的女人微歪著頭，美麗的烏黑髮辮像瀑布一樣，從一側肩膀傾瀉而下。

視線交會的瞬間，那雙藍眼溫柔地彎起。

「妳好，原來妳就是希莉絲‧伊諾亞登。」

這一世初次見到的芝諾‧貝勒傑特向希莉絲露出笑容，彷彿兩人是昨天剛見過面的朋友。

「克里斯蒂安‧帕爾韋農。」

克里斯蒂安和雷諾克剛從王宮的拱門走出，一旁邊突然傳來熟悉的嗓音。

克里斯蒂安微微瞇起雙眼，停下腳步轉過頭。那名身穿黑衣，一頭黑髮在風中輕輕飄揚的男子正看著克里斯蒂安。

「我正在等你出來。」

聽到伊克西翁的話，克里斯蒂安不禁啞然失笑，勾唇嘲諷道。

「怎麼？難道你是想要為上次的事道歉？」

現在的克里斯蒂安剛結束帕爾韋農的定期會議，正要離開王宮。這時伊克西翁‧貝勒傑特突然出現，若無其事說正在等他，站在克里斯蒂安的立場確實很值得生氣。上一次兩人應該不是親切地打完招呼才分開的吧？

當然，克里斯蒂安也不是真的認為伊克西翁是來道歉的。但即便如此，他也沒想到伊克西翁會二話不說就發動攻擊。

轟隆隆……！

克里斯蒂安感覺到迎面撲來的異能攻擊，反射性釋出力量。

只聽啪一聲，兩股異能相撞產生的巨大旋風遮天蔽日。

「伊克西翁．貝勒傑特，你這瘋子又……！」

再次遭受伊克西翁突襲的克里斯蒂安，表情兇狠地扭曲起來。

鏘！

力量因為憤怒而更加強烈，兩股異能劇烈相撞四散。乍看之下勢均力敵，但那只是克里斯蒂安一廂情願的想法，他在不知不覺間被伊克西翁的力量壓制住。

轟隆！

不知道伊克西翁究竟在想什麼，一次又一次對克里斯蒂安發動攻擊。

「克里斯蒂安大人！」

見狀，雷諾克瞪大雙眼跑過了來。

──那個笨蛋！

「你不要插手！」

克里斯蒂安用異能推開有勇無謀衝過來的雷諾克。因為這樣，他慢了一步才出手阻止伊克西翁的攻擊。

嘰咿咿！

踩在地面上的腳發出刺耳的摩擦聲，克里斯蒂安硬生生被擊退。被擊碎的異能冰晶在面前化成閃爍的光，光芒還沒完全消散，一道黑影就朝他撲來。

「……！」

面對來到頸間的手，閃避不及的克里斯蒂安咬緊牙關。然而伊克西翁卻沒有攻擊要害，只是扣住克里斯蒂安的脖子，直接把他往後推。

嗖！

兩人就這樣一起通過了第九十九扇拱門的結界。

伊克西翁一達成目的便放開克里斯蒂安。

「這、這是什麼不可理喻的……！」

克里斯蒂安．帕爾韋農在霧氣中踉蹌地站直，額頭上凸起的青筋清晰可見。濃霧阻礙了視野，脖子一被放開，他立刻朝伊克西翁退開的方向胡亂發射異能，然而攻擊全數落了空。

伊克西翁早已丟下克里斯蒂安，獨自往外走。

在帕爾韋農舉行定期會議這一天，伊克西翁趁著希莉絲外出來到王宮，就是為了進入四季之森。因此，在成功跨過結界後，克里斯蒂安．帕爾韋農的死活已經不在伊克西翁的關心範圍之內。

若是希莉絲知道了這件事，說不定也會瞠目結舌。昨夜和今晨還和自己一起度過親密時光的人，現在居然做出如此蠻橫的行徑。

而且，希莉絲似乎也不願意讓伊克西翁進入四季之森。但經歷過昨晚那件事，伊克西翁無論如何都必須來四季之森一趟。

不久後，他脫離濃霧，直接前往王之祭壇。

站到祭壇前的伊克西翁，毫不猶豫地劃破自己的手。

「王之殘痕。」

低沉的聲音召喚著身在某處的祭壇之主。

「我知道祢在這裡。」

伊克西翁沒有帶伊諾亞登的聖杯過來。不過上次他與希莉絲帶著聖杯再次來到這裡時，祭壇也沒有做出任何反應，所以或許有沒有聖杯都沒有差別。

慶祝宴會那天也可能只是是特殊情況，其實那個自稱是王之殘痕的未知存在，在那之後已經徹底消失或再次沉睡了。

可是，此時的伊克西翁莫名堅信，王之殘痕正在聽他說話。

先前伊克西翁代替希莉絲將自己的血滴入聖杯時，將其打翻的分明不是風，而是來自祭壇的未知力量。

「我有事情想問祢，所以快點現身。」

因此，即使沒有從祭壇得到任何回應，伊克西翁依舊沒有放棄，讓更多的血從他手上流出。

嘩啦……

往下墜落的血漸漸浸濕祭壇。

「你瘋了吧，伊克西翁．貝勒傑特。」

聲音因傳來的方向不是祭壇，而是伊克西翁身後的階梯。平安從霧氣中脫身的克里斯蒂安用刀刃般的鋒利眼神瞪著祭壇前的伊克西翁。

克里斯蒂安可沒有愚蠢到會被相同的伎倆矇騙兩次。當然，愚弄他的並不是同一人，但克里斯蒂安在經歷過上次被拋下的慘況，已經從戈提耶身上得知在四季之森入口的濃霧中尋找道路的方法。

克里斯蒂安出奇憤怒。希莉絲．伊諾亞登也好，伊克西翁．貝勒傑特也罷，他們怎麼都想用一樣的方式捉弄他？而且伊克西翁更惡劣，竟然像捕捉野獸般抓住他，然後把他丟在結界裡！

更傻眼的是，他還以為伊克西翁動用這種卑鄙手段進到四季之森，是打算做什麼大事，沒想到居然只是在一座莫名其妙的祭壇前自殘？

「希莉絲．伊諾亞登知道你是這種瘋子嗎？」

克里斯蒂安的目光因為怒火而燃燒。

「應該不知道吧？所以你才能……！」

粗暴的嗓音說到一半便死死壓下，被無法控制的激烈妒意吞噬。

通過結界時兩人的距離貼得很近，那一刻從伊克西翁．貝勒傑特身上傳來的香氣，分明屬於希莉絲．伊諾亞登。

克里斯蒂安怒火蒸騰的腦袋不斷升溫，甚至連眼皮都快要被灼傷了。

咻咻……！

這次是由克里斯蒂安率先發動攻擊。伊克西翁站在祭壇前，擋下了襲來的冰錐。黑色碎片和白色冰晶在視野中交錯。

伊克西翁的心情也好不到哪去。他依舊不喜歡克里斯蒂安．帕爾韋農。

雖然兩人已經心意相通，但是他知道希莉絲仍然不願意與自己一同出入四季之森，而是選擇了克里斯蒂安。

唰！

伊克西翁也不只有防禦，異能壓向克里斯蒂安，開始進行反擊。

不過，他不打算讓克里斯蒂安死在這裡，於是向前一撲。

「呃……！」

伊克西翁扣住了克里斯蒂安的後頸，直接一把將人壓上祭壇。

克里斯蒂安咬牙切齒，儘管撞傷的額頭流出汩汩鮮血，他卻像是一點都沒有感覺到。那雙噴出火花的紅眼惡狠狠瞪著伊克西翁，彷彿要在冷酷壓制住他的人身上燒出洞來。

就在沿著克里斯蒂安太陽穴流下的鮮血，滴落在祭壇上的瞬間……

啪！

強光從祭壇向外擴散。

「這又是什麼……！」

撲天蓋地的神聖光芒讓克里斯蒂安瞪大雙眼，倒吸一口氣。伊克西翁的眼中也閃過異樣光彩。

最後，兩人的視野僅餘一片熾白，這時腦中響起了平靜到有些奇異的聲音。

「留在人間這麼久，真是什麼怪事都看遍了。」

和上次一樣，那是超越常理的聲音。但是毫無起伏的語調中，卻隱約透出感到荒唐的異音。

「這還是第一次看到在我面前這般明目張膽爭風吃醋的孩子。」

伊克西翁發現自己站在離祭壇稍遠的地方。上一秒還緊緊抓在手中的克里斯蒂安・帕爾韋農如今消失無蹤。似乎只有他獨自移動這個空間，直面王之殘痕。

「終於出現了，王之殘痕。」

伊克西翁看著孤傲地坐在祭壇上的存在。

非人存在頷首，蜿蜒垂至地面的雪白長髮微微晃動。

「因為你滿足了條件，我才姑且回應你。不過，貝勒傑特的後代啊，你打算把帕爾韋農的孩子當成祭品獻給我嗎？」

聽到「祭品」二字，伊克西翁皺起眉頭。

難道他把克里斯蒂安・帕爾韋農丟到祭壇上，任由他血流不止的行為，被當成了在獻祭嗎？王之殘痕之前一直沒有反應，或許就是因為沒有獻祭。

雖然找到了方式，但伊克西翁有些為難。

「我可不想和克里斯蒂安・帕爾韋農的屍體一起被困在這裡。」

不論如何，他都需要克里斯蒂安・帕爾韋農，才能再次穿越結界離開四季之森。

「那你就回去吧。我與你無話可談。」

聞言，王之殘痕似乎認為這是在浪費時間，目光從伊克西翁身上移開，身體斜靠在祭壇上。

「我有事想問祢，王之殘痕。」

「我沒有理由回應不符合條件者，回去吧。」

「之前祢和希莉絲的對話是什麼意思？」

但是，伊克西翁無視眼前的存在，逕自發問。

他並沒有像上次一樣被立即驅逐，伊克西翁覺得或許還有機會，所以沒有放棄。

王之殘痕靜靜看著站在祭壇前的伊克西翁。

「當時我聽到的對話有一部分是空白的，所以沒有掌握詳細的情況。」

伊克西翁想起那一晚的情景。

「快過來，受詛咒的背叛者之子，我丟失的碎片。世上……伊諾亞登。」

「那是不是代表……我永遠無法擺脫這個循環？」

「沒錯，妳並未得到……的祝福。」

當時王之殘痕和希莉絲的對話中，有幾個詞語在伊克西翁耳中是難以辨識的模糊聲響。因此，他無從得知希莉絲當時為何會如此絕望，以及之後她為何那麼堅持想進入四季之森。

「但是我現在知道了，那或許和我最近想起的這些混亂記憶有關。」

伊克西翁想知道出現他夢中的場景，以及摸到金色寶石後間歇性浮現的記憶到底是什麼。

「這段記憶的源頭到底是什麼？還有……」伊克西翁頓了頓，又道，「希莉絲最終想實現的願望是什麼？」

凝視著眼前存在的藍眸無比正直且真摯。

「我想知道她千方百計想找到蘊含祢的氣息的物品，是打算做什麼？」

如果解開了這些疑問，就能把分散的拼圖拼湊在一起，得到最後的真相。伊克西翁如此確信著。

王之殘痕看著伊克西翁的目光仍然無波無瀾。

「貝勒傑特的後代，你很愚蠢。」

然後，祂緩緩啟唇說道。

「你最終還是選擇無視身為卡利基亞後代的友人，在看到真相後親自給予的忠告。」

聞言，伊克西翁斂下眼眸。

「祢也認為我會後悔？」

「因為那是註定好的結局。」

那雙死寂的金眸彷彿不是在看著眼前的伊克西翁，而是望著更遙遠的、沒有盡頭的深淵。

「在我看來，你們都與在沒有出口的滾輪裡不停奔跑的田鼠沒什麼兩樣。」

祂眼底的金色光芒，就像從寂靜夜空墜落的星辰碎片。

王之殘痕凝視著遙遠的地方，然後閉上雙眼。

「日復一日奔向註定好的悲劇結局的貝勒傑特之子。好吧，我就告訴你希莉絲．伊諾亞登的期望。」

而後，伊克西翁一直渴望得到的答案烙印在他的心上。

「那便是永遠的安息。」

他一開始並沒有立刻理解。

「徹底的消失。」

但是，隨著一句接著一句的揭示，沉重的真相彷彿要將他活活壓垮，往伊克西翁身上一層一層堆疊。

「靈魂的緘默。」

抽象的詞句如玻璃碎片飛射而來，就像要撕裂伊克西翁的心，毫無顧忌地深深扎入。

「存在的抹滅。」

殘酷的領悟宛如黑色血水般蔓延開來，與此同時，王之殘痕最後的解答毫無憐憫地貫穿他的心臟。

「比逝世更深沉的死亡。」

白茫噪音裏住伊克西翁的世界，他無法呼吸。彷彿一隻冰冷的手從腳下緩緩往上爬，經過背脊，最後掐住他的氣管。

現在……他聽到的話到底是什麼意思？

死亡……怎麼會是死亡？希莉絲想要的……她如此迫切盼望著的事物居然是死亡？

伊克西翁憤慨不已，想斥責眼前的存在，要祂不要用那種胡言亂語汙染他的耳朵。

沒錯，現在必須大聲否定，告訴對方這是絕對不可能的事。然而不知道為什麼，伊克西翁不僅沒有說出口，反而像是被勒住脖子般無法喘息。

緊縮的肺部雖然感到疼痛，伊克西翁卻感受不到。此刻的他被深刻入骨的無力束縛，彷彿被湧上喉頭的悽切吶喊撕裂了聲帶，連呻吟都發不出來。

「怎、怎麼會……」

結果，好不容易說出的話卻只有這些。

王之殘痕將伊克西翁至今不敢想像的殘酷真相擺在他面前。

「那孩子至今已因六次他人所為和一次自身所為而死。」

原本以為不會再有更讓他動搖的事物，這一刻的巨大衝擊，卻讓伊克西翁一陣暈眩。

「但是無論用什麼方法，她都無法得到永恆的安息，注定無限重複這場輪迴。」

伊克西翁彷彿整個人被凍僵，一動也不動地站在原地，任由那些無情襲來的縹緲話語烙進自己腦中。

這輩子活到現在，他還不曾聽過如此不現實的話。如此難以置信，他也不想相信。但是在伊克西翁心中某處不斷傳來悲戚的呢喃，告訴他這些全都是真的。這時，在夢裡見過的景象突然掠過眼前。女人模糊不清的臉終於慢慢形成鮮明的五官。

「……結果妳是要我殺了妳？」

在火紅夕陽逐漸西下的黃昏時分，王宮裡，伊克西翁面對著那名女子。長度幾乎及肩的秀髮在風中飛散，而從髮絲間露出的臉龐……果然是希莉絲。

那個地方沒有其他人。更準確來說，是除了他們之外沒有任何「活著的人」。耀眼的雪白宮殿裡，牆壁、地板和樓梯之所以一片鮮紅，並不僅是因為落日餘暉。站在血泊之上的希莉絲看著伊克西翁，沾染血漬的臉上掛著淡淡的微笑。

在比那天更久遠之前的過去，伊克西翁曾經跪在希莉絲面前，將自己的臉埋在她乾瘦的掌心，懇求她笑一笑……沉浸在悲痛之中，近乎哀求地對她低聲呢喃。

儘管終於見到自己一直以來真正想看到的畫面，當時的伊克西翁也不覺得欣喜，反而在心臟碎裂成片的痛楚中感到絕望。

「不是的……我不該奢望看到妳的笑容，所以……妳不要那樣。不要……笑得那麼空虛。」

然後，眼前的景象改變了。這一刻，伊克西翁感受到的情緒更接近恐怖。

他知道在這之後會發生什麼事。因為不想看，所以緊緊閉上雙眼。

可是他無法消除重新浮現的記憶，只能直面在他眼前消散的希莉絲，宛如瞬間綻放後凋零的花朵。

「本該永遠埋藏在破碎時間下的過去，之所以開始出現在你的腦海中，是因為希莉絲．伊諾亞登在選擇那些時間的盡頭時，有些非常細碎的靈魂殘骸沒有消失。」

伊克西翁似乎想遠離眼前可怕的景象，踉蹌地往後退。

但是，希莉絲那張鐫刻在他眼底的臉龐卻始終清晰。瞪大僵直的眼眸出現裂痕，漸漸開始掀起波動，最後被氾濫的情感洪水徹底吞沒。

伊克西翁快瘋了，他喘不過氣，心臟宛如被撕碎成數千、數萬塊碎片，難以言喻的痛煎熬著伊克西翁。

「你曾發誓為了伊諾亞登之子，不管是什麼都願意做吧？」

又一次的領悟，殘忍無情地朝伊克西翁襲來。

「也就是說，你將親手引導你的心之主走向徹底消亡之路。」

又一個殘酷的真相，彷彿死刑臺上的斬頭刀，狠狠落在被劇烈痛苦吞噬的他身上。

「我可以斷言，在不久的將來，希莉絲．伊諾亞登將投入死亡的懷抱，而不是你的。」

這是……

「你勢必會獨自被拋棄在沒有那孩子氣息殘餘的世界上。」

這是在宣告他的世界徹底終結的那一天。

「妳好，原來妳就是希莉絲．伊諾亞登。」

芝諾．貝勒傑特臉上掛著如畫的微笑，看著希莉絲的目光不帶私情，也看不出探尋的意圖。只有那雙蘊含著純粹色澤而顯得格外深邃的藍眸，與希莉絲不久前在伊諾亞登宅邸中見到的那個人如出一轍。

希莉絲與芝諾對視片刻，隨即移開視線。她仔細看過眼前的櫥窗，對屏氣凝神站在一旁的老闆說道。

「這裡的蛋糕，每一種都挑一塊包裝好，幫我送到卡利基亞。」

然後，希莉絲的目光轉回身旁的女人身上。

「我這邊已經結束，換妳點餐了，芝諾．貝勒傑特。」

她的聲音平淡，不帶任何感情，臉上也只是一片寂靜。

芝諾見狀「哼嗯」了一聲，並歪著頭微微一笑。

「妳知道我是誰！我們以前見過面嗎？」

不只是希莉絲比想像中平靜的態度，加上對方又喊出自己的名字，芝諾意外的同時也感到疑惑。

「好問題。」

希莉絲回答的語調依舊平靜無波。

「妳也認識我，所以我認識妳並不奇怪吧？」

芝諾反而對她產生了興趣，爽快地附和。

「也對，說得也是。」

芝諾也不記得自己之前是不是在什麼場合見過希莉絲．伊諾亞登，便認為對方也是一樣，所以並不覺得奇怪。只不過……

「不過，總覺得妳看起來莫名面熟。」

這樣當面接觸希莉絲．伊諾亞登，今天分明是第一次。但是不知道為什麼，她在希莉絲身上感覺不到一絲陌生。不過，芝諾也沒有把這件事放在心上。

「說不定以前曾經擦肩而過。」

她轉頭看向店主。

「按照老樣子打包一份吧。」

才覺得店主和店員對於希莉絲的突然到訪應對得很熟練，現在看來，這可能是因為這家店是同屬四大家族成員的芝諾．貝勒傑特平時經常光顧的地方。

「除了要送去卡利基亞家的甜點之外，妳本人有沒有什麼想吃的？」

芝諾就像拿出各式各樣的禮物，要可愛的孩子儘管挑自己喜歡的東西般，看著希莉絲問道。

「我想要請妳吃。」

希莉絲暗自揣測芝諾．貝勒傑特對今天第一次見面的自己，表現出這種善意的原因是什麼。

她也不是完全沒有頭緒。首先，從芝諾的個性來看，很有可能對目前為止聽到的那些有關希莉絲的消息感興趣。也可能是知道希莉絲和伊克西翁的關係……

不過，希莉絲和伊克西翁不曾公開展現親暱的態度，兩人也不是會將自己的事情隨便告訴他人的個性。於是，希莉絲決定先排除那個理由。

當然，這種推論如果被看穿他們關係的人知道，尤其是芝諾和克里斯蒂安，一定會嘲笑她真的什麼都不懂。

希莉絲靜靜看著芝諾的臉，然後開口說道。

「那麼，我想要薄荷軟糖。」

芝諾的雙眼彎成了新月。老闆接收到她的示意後，立刻表演他靈活的包裝手藝。

「妳是第一次來這家店嗎？」

「是的。」

「好吧，那應該不是在這裡遇到的。」

芝諾對自己輕輕點頭，看來她還在思考希莉絲感覺起來如此熟悉的理由。

不久後，兩人交代老闆將帳單分別送到她們府上，便雙雙走出了店鋪。

叮叮！

掛在店門上的鈴噹再次響起。希莉絲拿著精心包裝的漂亮點心盒，那是芝諾送給她的禮物。

「其實前不久我就對妳很感興趣，正想著什麼時候可以親自和妳見上一面呢。」

兩人離開店鋪後，沒有立刻使用異能移動，而是沿著街道往前走。

從剛才開始，希莉絲和芝諾之間的氣氛就不太尋常。不知道的人看了，大概很難相信兩人今天是第一次見面。因為兩人相處時，完全感覺不到面對陌生人的生硬。

聽到芝諾這麼說，希莉絲平淡地回應。

「我也覺得總有一天會和妳見面。」

芝諾總覺得希莉絲的語氣有些微妙。

就像要享受晚春時節的互外時光，有不少人打扮得光鮮亮麗，走在高級商店林立的街道上。其中，有些親自出來辦事的貴族認出了希莉絲和芝諾，全都吃驚地停下腳步。

不過，兩人毫不關心身邊的狀況，只是漫不經心地越過那些上前來打招呼的人。

「有人說過，妳和我在某些地方很像。」

「是嗎？」

其間，閒聊般的對話仍繼續下去。

「我還是第一次聽到這件事。」

「其實我也不太清楚。對方指的當然不是長相，難道是在說性格和氣質之類的嗎？」

因為兩人都擁有異能，所以不需要護衛，也沒有帶任何隨從。因此，儘管希莉絲和芝諾的身分比這條街上的所有人都還要高，排場卻比任何人都更簡單。

「總之，像這樣親眼見到妳之後……」

芝諾的目光落在希莉絲的臉上。

「妳比我想像中還要特別，感覺和其他的伊諾亞登很不一樣。」

如果問她具體有什麼不同，她大概也很難說清楚，但芝諾確實從希莉絲身上感受到與眾不同的東西。因此，希莉絲不僅讓芝諾產生更多好奇，也更加吸引她的注意。

難道伊克西翁也是因為這樣才迷上這孩子的？芝諾有點頑皮地這麼想著。

「我曾經羨慕過妳。」

直視前方的希莉絲開口說道，沉靜的嗓音滲入溫熱的空氣中。

「我也曾經想像妳一樣。」

相親相愛的丈夫與孩子、和諧圓滿的家庭，還有誰都不敢忽視的強大力量以及發光發熱的自信……芝諾．貝勒傑特擁有著希莉絲渴望的所有人生理想。可是，芝諾本人卻對任何事物都沒有深厚的感情。難道是打從一開始就輕易擁有一切的緣故？

「但現在已經不會了。」

在午後的陽光下，希莉絲依舊平靜的面容彷彿發著光。

「這個薄荷軟糖……」

接著，鑲嵌在臉上的豔紅雙唇微啟。

「味道果然令人作嘔。」

唰唰……

初夏暖風吹撫而過，濃郁的異能香氣撲鼻而來。染紅的花瓣擦過飄盪的衣角及髮絲四散飛揚。

希莉絲手上的點心盒和包裝緞帶化成一片片花瓣，宛如枝頭的花苞盛開又凋零，手中的東西很快就化為香霧消散。

清風揚起芝諾的漆黑髮絲及希莉絲的鮮紅秀髮，兩人的視線也在空中交會。

希莉絲的金眸依然平靜無波，散發出毫無感情的冷光。

與其對視的深藍眼眸中閃過奇異的光彩。沒有對希莉絲的行為產生的憤怒或不快，反而出現接近喜悅的異樣光芒。

「……果然。」

芝諾嘴角勾出的一抹微笑，在飛舞的花瓣間蔓延開來。

「我之前曾見過妳。」

帶著微妙確信的嗓音從耳邊擦過，但希莉絲清瘦的臉龐毫無變化，沒有流露任何情感。因此芝諾也一無所獲。

——嗡嗡。

就在那個瞬間，希莉絲感受到微弱的異能波動，於是將目光移向芝諾身後。

雖然只是些許之差，不過仍然比希莉絲晚一步察覺的芝諾也轉過身去。

颼颼颼！

眼前颳起一陣黑色風暴。

「哇，總覺得氣氛有點奇怪耶？」

最先傳出的是一道調皮嗓音。

「我怕會被伊克西翁家主罵，原本是打算盡可能不現身的。」

隨後出現的飛揚黑髮，以及下方的面容都相當眼熟。從異能中現身的男子輕輕落地，彎起在陽光下閃著紫光的雙眼，露出了微笑。

「芝諾前家主，希望您可以離伊諾亞登家主遠一點。」

雖然是突然登場，但希莉絲和芝諾都沒有對此感到驚訝。兩人早就察覺到有人暗中尾隨她們。

「好久不見了，施萊曼。」

芝諾也朝他一笑，表現得宛如兩人相當熟稔。

從半空中突然冒出的男子，正是伊克西翁的手下——施萊曼・貝勒傑特。

「是啊……雖然見到您不是很愉快。」

施萊曼仍然面帶微笑，回敬了芝諾的問候。接著，他又親切地向希莉絲打招呼。

「您好，伊諾亞登家主。我們又見面了。」

希莉絲的目光掃過施萊曼和芝諾，然後問道：「你怎麼會來這裡？」

「當然是在工作。啊，不過我的任務和伊諾亞登家主沒有關係，請不要誤會。」

施萊曼正在執行的任務確實是跟蹤，但是他按照伊克西翁之命尾隨的對象不是希莉絲，而是芝諾。

他在執行任務的途中，察覺到剛碰面不久的希莉絲和芝諾之間莫名出現危險的氣氛，當機立斷地決定現身介入。

「真是的……先是伊克西翁，然後是你。難道我會吃了這孩子嗎？」

芝諾早就知道有人在監視自己，對於冒出來的施萊曼反應平平。比起這個，更加刺激她五感的是其他部分。

「不過，看來是伊克西翁解除了你的束縛。」

凝視著施萊曼的芝諾微微偏頭。

「所以，你現在打算對我動手？」

施萊曼一直掛著爽朗的笑容，芝諾突然這樣問似乎有點莫名其妙。

轟轟轟……

然而施萊曼垂在身旁的手中，不知不覺已經凝聚出黑色碎片。

希莉絲的目光從剛才便停留在那裡。

「雖然……我也很想那麼做。」

施萊曼仍然面帶笑容，但也毫不遮掩內心想法。

「不過，我會聽從伊克西翁家主的指示。」

如他所說，散發著凶殘氣息的異能慢慢被斂去。芝諾意外地打量著施萊曼。

「真是意外。難得被解開束縛，你應該很想大鬧一場吧？」

隨後她點點頭，像是也做出了決定。

「那麼，我也該回去了。」

芝諾轉向希莉絲，嘴角勾起和剛才一樣親切的微笑。

「我們改日再見吧。」

說完，她召出異能，與出現時同樣突兀地原地消失。

希莉絲看著黑色的殘跡消散，目光這才轉向一旁。

「施萊曼。」

負責監視芝諾的人不只一人，沒有必要現在立刻去追趕，因此施萊曼在聽到希莉絲的呼喚後，便轉頭看向她。

「你現在執行的任務，和貝勒傑特前家主有關嗎？」

稍早兩人的對話和施萊曼的行動都毫無掩飾，希莉絲只是想再確認一下。

「這我不好回答。」

不出所料，施萊曼沒有正面回答。然而，這種反應實際上就等於肯定了。

希莉絲瞇起雙眼。

「比起這個，伊諾亞登家主。」

靜靜看著希莉絲的施萊曼，這次卻反過來詢問她。

「您不喜歡芝諾．貝勒傑特嗎？」

希莉絲沒有回答，不過施萊曼回想剛剛在兩人之間流轉的微妙氣氛，也自己得出了結論。他輕呼一口氣。

「哇，能有這種共鳴的人真的好少，伊諾亞登家主真是獨具慧眼啊！」

施萊曼爽朗的臉上浮現出明顯的好感，看著希莉絲的雙眼甚至閃閃發光。

不知道為什麼，他好像非常喜歡希莉絲。當然，先前在貝勒傑特宅邸遇見時，施萊曼也對希莉絲也很友好。但希莉絲卻從他此時的態度和眼神中，感覺到了高純度的真心。

不過，聽到對方隨後說出的話，希莉絲的眼角不禁微微抽動。

「如果您以後和伊克西翁家主結婚，可不可以搬來我們貝勒傑特？因為這裡根本沒有一個人跟我談得來。」

什麼結婚？施萊曼竟然若無其事地說出希莉絲至今不敢夢想過的未來。

「啊，不對。就像現在這樣，讓伊克西翁家主去伊諾亞登宅邸與您同居，然後我也跟著去才是最好的方法。」

「……」

「不管是什麼事，只要您願意讓我去做，我就會像隻忠犬一樣完美達成。所以除了我們家主之外，連我也一起帶走吧，您一定不會後悔。」

就像在開無聊的玩笑，施萊曼胡亂說著俏皮話，其中卻蘊含了一半的真心。

希莉絲也知道施萊曼不喜歡芝諾。她在上一世聽說過，施萊曼從小就被前任貝勒傑特家主芝諾和長老們監禁，關押了一段相當長的時間。

希莉絲並沒有給予回應，她默默看著說個不停的施萊曼，不動聲色地抬起手。

「咦？」

下一瞬間，她的指尖輕觸施萊曼的額頭。

唰啦……

就在那一刻，一股莫名的清鬆感籠罩全身，感覺就像亂七八糟的思緒瞬間迎刃而解，或是堵塞的心情一下就被疏通。

「您現在是在做什麼？」

施萊曼不解地摸著額頭。希莉絲沒有回答他，而是說道。

「比現在高一個階段。」

留下這句話後，她向後退開，身邊慢慢湧現花瓣。

「下次見到伊克西翁，就讓他幫你解除吧。」

施萊曼意識到希莉絲說的是施加在他身上的束縛。但還要再解開一個階段嗎？

然而，在他來得及提出任何問題前，希莉絲已然伴隨著漫天飛舞的花瓣消失了。

施萊曼呼吸著令人神魂顛倒的甜蜜香氣，彷彿喝了酒一樣，微醉地喃喃自語。

「啊，真是的……我要不要也跟著伊克西翁家主去伊諾亞登家借住呢……？」

他們不但有討厭芝諾．貝勒傑特的共同點，對方異能的味道也很好聞……而且不知道為什麼，從初次見面時開始，他就一直對她感到熟悉。

施萊曼非常認真地考慮著前所未有的家族轉籍，同時召出異能準備離開。

不知道為什麼，原本在解開束縛後就一直不太順手的異能，此時似乎變得更加容易使用了。

施萊曼不由自主地歪了歪頭。

「這又是怎麼……！」

克里斯蒂安的頭撞到的祭壇上，突然散發出鋪天蓋地的強光。

這一連串變故讓他瞪大雙眼，不由得有些驚慌。

下一刻，克里斯蒂安渾身一震，彷彿有一隻巨大的手掌由上而下壓住自己，讓他趴在祭壇上動彈不得。就像被鬼壓床一樣，連一根手指都無法移動。

一股時間完全靜止的違和感襲來，就連空氣濃度似乎也出現了變化。

克里斯蒂安明明沒有離開原地一步，感覺卻像在不知不覺間踏入了不屬於這個世界的某處。

……祭品……

克里斯蒂安就像被人捆在在冰冷的石壇上，這時，一道微弱的聲音斷斷續續地在耳邊響起。

那道聲音就像塵土般微小，克里斯蒂安沒能聽清楚內容。但是每次奇妙的回音在腦中迴盪時，他的身體就不由自主地顫抖，背後泛起雞皮疙瘩。

像是轉瞬即逝，也彷彿無比漫長的時間過去，就在某個瞬間，籠罩在身上的沉重力量一下子消失了。

克里斯蒂安深吸一口氣。僵硬的身體終於可以活動，一直壓在他頸後的那隻手也漸漸變得無力。克里斯蒂安突然意識到自己還屈辱地跪在祭壇前。

「放開……我！」

他粗暴地甩開伊克西翁的手，並召出異能。

——唰！

下個瞬間，鮮血在他眼前噴湧而出。

沒想到真的能擊中對方，克里斯蒂安反而更加吃驚。

伊克西翁被異能劃開的肩膀和胸前猛然湧出鮮血，往下滴落的熱燙血液漸漸浸濕地面。

由於毫無防備，伊克西翁受到的傷害並不輕。但是，他卻像完全感覺不到痛，一動也不動地站在克里斯蒂安面前。

克里斯蒂安扶著祭壇，撐起跪在地上的身體。他不只頭昏腦脹，同時又滿心困惑、驚訝和懷疑，這些複雜情緒相互交織，讓克里斯蒂安一時說不出話來。

最重要的是，眼前的伊克西翁露出克里斯蒂安從未見過的面貌。

「喂……」

「……」

「伊克西翁．貝勒傑特，你……沒事吧？」

克里斯蒂安下意識問道，隨後立刻皺起一張臉，不知道自己為什麼要關心對方。

克里斯蒂安也同樣受到伊克西翁的攻擊，身體到處傷痕累累，甚至還因為撞到祭壇而頭破血流。仔細一想，克里斯蒂安又火大起來。

「哈！活該，誰叫你要像個笨蛋一樣掉以輕心？」

然而，伊克西翁彷彿聽不到克里斯蒂安的冷嘲熱諷，依舊毫無反應地佇立在原地。

克里斯蒂安認為對方在看著自己，但實際上伊克西翁看的是他身後的祭壇。

現在伊克西翁腦中嗡嗡作響的也不是克里斯蒂安的聲音，而是屬於剛才坐在祭壇上的存在，那些殘酷的話語不停反覆響起。

過了片刻，伊克西翁狠狠咬牙。

「我先把話說在前面，這一切全都要怪你。一開始用這種方式把我拉進這裡，還有先攻擊我的人，不都是你嗎？所以……」

「克里斯蒂安．帕爾韋農。」

伊克西翁緊閉著的雙唇終於微微分開。克里斯蒂安下意識閉上了嘴。

「跟我來。」

伊克西翁留下簡短卻沉重的指示，率先轉身離去。

看他前進的方向，似乎是要離開四季之森。克里斯蒂安的不禁又激憤起來。

「跟我來」？現在他是丟下一句話，就想一走了之嗎？而且，他以為自己是誰，竟敢在這裡發號施令？

但是，走在前面的伊克西翁步步留下的血跡太怵目驚心，見狀，克里斯蒂安只能努力壓下怒氣。

就連剛才對方站立的位置都形成了一窪血泊。在克里斯蒂安看來，伊克西翁現在急需離開四季之森進行治療。

儘管依然忿忿不平，但克里斯蒂安低聲咒罵了一句，還是跟上了伊克西翁。

「喂，伊克西翁‧貝勒傑特。你還是先止血比較好吧？」

如果在抵達結界之前，伊克西翁就因為失血過多而出了什麼差錯，克里斯蒂安的麻煩就大了，於是他才會出言相勸。然而，克里斯蒂安卻卻沒有得到任何回應。

「可惡，我為什麼要看那傢伙的臉色？」

克里斯蒂安瞪著伊克西翁的背影，咬牙切齒地自語。

雖然想詢問剛才在祭壇上出現的奇異光芒和之後發生的事，但現在顯然不是時候，於是克里斯蒂安默默前行。

他回頭看了一眼祭壇，總覺得事有蹊蹺。這時他突然發現，原本在祭壇上流得到處都是的鮮血，不知不覺消失得一乾二淨，就像被清洗過一樣。

克里斯蒂安感到了更加強烈的不安。

「克里斯蒂安大人！」

克里斯蒂安剛走出拱門，雷諾克就連忙上前迎接。他似乎在四季之森度過了比想像中還久的時間，如今天際的暮色更加深濃。

「我沒事，不要引起騷動。」

雷諾克一直在結界外等待著克里斯蒂安。克里斯蒂安則對看到自己落魄的模樣後，大聲叫喊著跑過來的雷諾克冷淡地說道。

當然，這股寒氣的對象不是雷諾克，而是把他變成這副德性的人。

於是雷諾克怒視著強行把克里斯蒂安拉進四季之森，甚至對他造成傷害的伊克西翁，這時才發現對方的傷勢比克里斯蒂安還要嚴重。吃了一驚的雷諾克，把衝上舌尖的話又吞了回去。

颼颼颼！

伊克西翁明明流血不止，卻捲起異能風暴，沒有看那兩人一眼就離開了王宮。

克里斯蒂安目光冰冷地看著殘留的黑色痕跡。

「克里斯蒂安大人……您傷得很嚴重，趕快回去治療吧。」

「雷諾克，你有聽說伊克西翁．貝勒傑特瘋了的消息嗎？」

克里斯蒂安打斷雷諾克問道。因為語氣非常嚴肅，所以雷諾克也以相應的態度回答。

「雖然沒有聽過這樣的消息，不過今天親眼一看，他確實有些精神失常。」

似乎想起不久前發生在眼前的事，雷諾克的聲音中流露出一絲私人情感。

克里斯蒂安也回憶起四季之森裡發生的事，在祭壇上撞傷的額頭隱隱作痛。

當傷口流出的鮮血滴在祭壇上的瞬間，便突然爆發出耀眼的光芒。而且在那之後，他確定自己聽到了一道虛幻的聲音。再加上伊克西翁．貝勒傑特的怪異行徑和態度……

克里斯蒂安的嘴角浮現一抹冷笑。

「沒錯……不知道我親愛的哥哥是不是隱瞞了什麼事沒告訴我。」

像是在自言自語般低語的克里斯蒂安，展露出銳利的眼神。

「今天回家之後，得找他來進行一番溫馨的聊天時光了。」

也許該問問前任家主戈提耶，對今天在四季之森裡發生的事是否知道些什麼。克里斯蒂安帶著一抹冷笑，與雷諾克一同離開了王宮。

稍晚，待他回到帕爾韋農宅邸的時候……

「家主，卡利基亞家有客人來訪。」

一名意想不到的客人正在等著他。

與最初的外出計畫不同，希莉絲沒有前往卡利基亞家，而是直接回到伊諾亞登宅邸。芝諾．貝勒傑特所說的話，在她的腦中反覆響起。

「不過，總覺得妳看起來莫名面熟。」

「……果然。」

「我之前曾見過妳。」

說得就像她還記得自己，但這一世她分明不曾和芝諾私下見過面。

「……」

希莉絲慢慢斂下眼眸。

就在此時，她從樓下感覺到一股熟悉的異能波動。看來是伊克西翁回來了。

希莉絲想起發生在今天早上，卻幾乎被自己忘記的那件事，不禁猶豫了片刻。

最終是房門外的吵雜聲，讓希莉絲下定決心走出房間。

「快去請醫生……」

「趕快止血……」

「毛巾和繃帶……」

隨著希莉絲一步步沿著階梯往下走，樓下的騷動也越來越清晰。同時，一股淡淡的血腥味開始刺激希莉絲的鼻尖。管家和傭人們正忙得不可開交。

伊克西翁完全不顧攔阻他的人，逕自抬腳踏上階梯。但是發現樓梯上的希莉絲後，他停下了動作。

與慌亂的一樓不同，希莉絲所在的階梯平臺上，瀰漫著沉重的寂靜。

看起來平靜無波的白淨臉龐面對著伊克西翁。如同清晨灑落的第一道陽光般冰冷的金色眼眸，完整地將伊克西翁站在下方的身影盡收眼底。

片刻後，緊閉的紅唇微啟。

「……你怎麼受傷了？」

希莉絲並不像表面上看起來那麼沉著，也一點都不平靜。

出現在希莉絲視野中的伊克西翁，全身都被鮮血浸透。他身上的黑色衣物看不太出來，但是布料裂口間露出的皮膚和袖口下方的手，全都一片血紅。

目睹這樣的畫面，希莉絲的心臟不由自主地急促起來。起初她一度覺得那或許是別人的血。這是理所當然的，畢竟誰能把伊克西翁傷成這樣？

但是希莉絲很快就發現他身上的血不屬於其他人。她從伊克西翁破開的衣服下，清楚看到一道長長的傷口。

希莉絲扶著欄杆的手加大了力道。

「誰……」

冰冷嗓音沉沉響起的同時，白色裙角翩翩飛揚。

「是誰做的？」

伊克西翁依舊紋風不動地站在原地，望著飛快下樓的希莉絲。

雖然神情依然壓抑，但希莉絲好像生氣了。她顯然因為伊克西翁的傷勢而產生了情緒波動。

嵌著深濃陰影的湛藍眼眸映出希莉絲步步走近的身影，伊克西翁有些迷茫。這種傷痛算什麼，她為何會露出那樣的表情？

伊克西翁一點都不覺得痛，這種傷並沒有為他帶來一絲痛苦。與希莉絲在他不知情的那段時間經歷的事，分明完全無法比擬。反而是伊克西翁更想問，誰……到底是誰……？

「那孩子至今已因六次他人所為和一次自身所為而死。」

到底是誰讓妳……

無數話語在喉頭猛烈沸騰，伊克西翁卻一句也說不出口。

「那便是永遠的安息。」

伊克西翁注視著希莉絲的雙眼中，慢慢掀起深沉的波動。

「比逝世更深沉的死亡。」

血流不止的拳頭被緊緊握住，彷彿在原地扎根的伊克西翁默默向後退了一步。

希莉絲見狀也停住腳步。然而現在伊克西翁迫切想回避的並不是她。

「伊克西翁……」

希莉絲站在比伊克西翁高了幾個臺階的地方，凝視著面對著自己的那張面容，總覺得有哪裡不太對勁。

不過，在希莉絲察覺出觸動自己第六感的是什麼之前，換成伊克西翁則率先行動。他像在努力在壓抑著什麼，最後卻失敗地皺起臉，瞬間消弭剛才自己拉開的距離。大步走來的伊克西翁，就像要把希莉絲壓碎般用力抱住她，將她緊緊鎖在懷裡。

希莉絲把臉埋進對方結實的胸膛，淺淺吸一口氣。

伊克西翁身上的鮮血也弄髒了希莉絲的衣服，但是現在兩人在意的並不是那個問題。方才還在一樓驚慌失措的傭人聽從管家的指示，暫時安靜退下。

在只剩下兩人的空間裡，伊克西翁緊抱住希莉絲的手臂更加用力。胸口好像著了火，被燒得一片焦黑。完全被堵住的喉嚨依然無法說出隻字片語。

到底可以說些什麼？究竟應該說些什麼才好？

直到面對希莉絲之前，伊克西翁還想親自向她確認，他在四季之森裡聽到的那些話是否屬實。伊克西翁無論如何都想要從她口中聽到否定的答案。這麼一來，他就可以拋開這種撕心裂肺的絕望，重新安下心來。

「我……」

但是，在面對希莉絲雙眼的瞬間，他本能般領悟到了。

「不要把我……」

她不會否認。希莉絲絕對不會為了他說出甜蜜謊言。所以伊克西翁說不出口。

「把我……」

他說不出請她別拋下自己……這種自私的哀求。因為伊克西翁連自己有沒有這個資格都不知道。光憑自己聽到的那幾句話，伊克西翁沒有自信敢說他完全理解她的遭遇。

本來不想讓希莉絲看到自己這副難看的德行，眼眶卻漸漸發熱。伊克西翁用盡全身的力氣，才把顫抖的氣息吞了回去。

沒錯，是自己太傻了。像個笨蛋一樣，以為自己總算抓住了眼前的人，遲鈍地滿心雀躍，卻沒想到一旦抱進懷裡只會像泡泡一樣破碎消散。

伊克西翁現在才明白，為什麼希莉絲那麼想推開他。這是從一開始就決定好結局的關係。光是想到這點，伊克西翁就會感到窒息。早上分明還宛如置身天堂，而現在的他就像突然墜入了地獄的最深淵。

希莉絲從緊貼著自己的身軀感受到一陣顫抖，一陣嘆息落在她的肩膀上。伊克西翁好像正在艱難地消化什麼事實。不過，他似乎不打算向希莉絲吐露那是什麼。

希莉絲沒有詢問，而是將垂在身側的手放到他的背上。微微斂下的眼簾半遮住她恢復平靜的眼眸。

希莉絲大概是憑直覺意識到，此時此刻，她沒有什麼話可以對伊克西翁說。

就這樣感受著被自己抱在懷裡的身軀傳來的體溫，希莉絲突然想起剛才施萊曼對自己說的話。

「如果您以後和伊克西翁家主結婚，可不可以搬來我們貝勒傑特？因為這裡根本沒有一個人跟我談得來。」

雖然彼此一言不發，但是在這個當下，兩人都想到了「結局」。

希莉絲的額頭輕靠在伊克西翁的胸前。

有時她也做過那種想像。如果永遠死亡的機會此刻降臨在希莉絲眼前，而且那是以後不會再有，既是第一次也是最後一次的機會……

希莉絲會做出什麼選擇，答案已經非常明確。

就算感受到心臟被撕碎的痛苦，她也會毫不猶豫地拋下伊克西翁選擇死亡。

對她來說，生與死的重量天差地別，因此就算把伊克西翁的存在同樣放上天秤，最後得到的也只會是不變的結果。

當然，把他抱在懷裡時，感覺就像填滿了無盡的空虛，似乎又對人生有了一些留戀。

可是就這樣把伊克西翁留在身邊，卻轉頭繼續尋找死亡的方法，這算不算對他的背叛？希莉絲在每個失眠的夜晚，都會反覆苦惱這個問題，但是每次的結論都一樣。

希莉絲不知道寶石中蘊含的神聖力量會以什麼方式替人實現願望。所以，若是等待已久的瞬間終於來臨，她不會選擇冒險。

如果錯過了時機，失去了可以永遠死亡的機會，而再度展開第九世人生……希莉絲沒有信心能繼續承受唯獨堆疊在她身上、沒有盡頭的時間重量。

「伊克西翁。」

那麼就算現在也好，應該放手讓這個人自由才是對的吧？雖然她刻意不去思考，但她總有一天必定會傷害他。

「我們就到這裡吧。」

自己所在的地方太過寒冷陰暗，希莉絲不想拖累伊克西翁。他應該永遠待在明亮溫暖的地方，而不是被她這樣的人抓住，被迫分擔這種陳年的孤獨與悲傷。

也許伊克西翁不知道，在反覆重來、不知何時才會結束的相同時間中，他的存在對希莉絲來說是多麼大的安慰。事實上，他是希莉絲最渴望接近的人，哪怕只有一次，也想把他擁入懷中。

「你和我，到此為止吧。」

所以，現在這樣就夠了。就算是一時的貪念作祟，現在也該知足了。

即使希莉絲的生命不會在這一世畫下句點，會繼續展開第九世、第十世的人生，她也不會再靠近伊克西翁。

「我希望我們就在這裡結束。」

希莉絲暗自下了這樣的決心，鬆開了抱著伊克西翁的手臂，並推開與自己緊緊相貼的那副身軀。不過，意識到希莉絲說的話是什麼意思後，全身僵硬的伊克西翁沒有退開任何一點距離。

「……我不要。」

環抱希莉絲的手臂反而束縛得更緊，勒痛了她的腰背。

「居然想到此為止？誰允許的？」

極度壓抑的炙熱嗓音像烙印般壓在希莉絲耳邊。她再次張開雙唇想說些什麼，伊克西翁卻不想聽。

「這不是我認可的『結局』。」

在無法得知是今朝還是明日的某天，如果希莉絲想要的「結局」真的來臨……

至少伊克西翁一定要留在她身邊。當然，這不過是他的一廂情願，但伊克西翁根本無法想像其他未來。

不管怎樣，希莉絲的結局應該有他，而他生命的盡頭也必須有希莉絲。

「我無法接受妳就這樣隨意結束。」

即使最終自己的心被撕成碎片……

「我不會放手。」

直到他和她之中，有一人死去為止……不，就算總有一天會死……

伊克西翁緊緊抱著懷裡的人，甚至讓她感到疼痛。往下望來的深邃藍眸，散發出強烈到令人膽寒的光彩。

「沒錯……就算是死，我也不會放手。」

這才是伊克西翁前方唯一的未來。

無法親近的千金

접근 불가 레이디

SIDE.

過去的碎片VIII

「那個女人，我就知道她總有一天會闖下大禍。」施萊曼斜斜勾起嘴角，毫不意外地說道，「最近家族內外本來就人心惶惶，她居然用這種方式讓事態變得更加混亂。」

這次芝諾．貝勒傑特犯下的罪行，在四大家族間鬧得沸沸揚揚。雖然她有那麼做的理由，但也確實是在眾目睽睽下闖出嚴重大禍。

施萊曼回想起血流成河的廣場，笑容不禁暗了暗。

在芝諾．貝勒傑特擔任家主時，有許多人盲目地崇拜她，卻不知道在那張完美無缺的外皮下，隱藏著某種瘋狂的本性。在針對這次事件的會議上，即使依然有四大家族的成員袒護芝諾，但知道事態嚴重性的人從頭到尾都不留情面。伊克西翁也是如此。

「啊，當然，我確實不喜歡那個人，不過我也不是出於個人好惡才說這種話。」

走在施萊曼前方的伊克西翁，從剛才便沉默不語。施萊曼看不到他的表情，但憑前方傳來的強烈氣勢，就能判斷對方的心情有多惡劣。

施萊曼原本興致勃勃地高談闊論，這時也不由得瞥了伊克西翁的背影一眼。他是很想繼續奚落討厭的人，但識時務者為俊傑，他決定最好還是先閉嘴，於是輕輕帶過話題。

「託您的福，伊諾亞登家的審判要延後了。」

在那之後兩人便靜靜走在迴廊上。突然間，伊克西翁開口了。

「施萊曼。」

「啊，是。」

施萊曼渾身一震，伊克西翁接下來的話又讓他吃了一驚。

「從今天開始，由你負責監視前任家主。」

居然要他去監視芝諾·貝勒傑特，難道是為了防止再次發生意外？也對，這樣的話，伊克西翁可以委託這件事的對象確實只有施萊曼。

「您也會幫我解除束縛嗎？」

施萊曼笑嘻嘻地這麼問道，伊克西翁只是默默朝他伸出手。

「那麼，我現在立刻去執行任務。」

施萊曼感覺自己的力量變得更加強大，臉上露出饜足。在他捲著異能從原地消失後，伊克西翁走進宅邸，朝希莉絲·伊諾亞登的房間前進。

走廊上擦身而過的傭人原本想問候伊克西翁，但是在看清他的表情後，一個個迅速退下。

在拐過最後一個轉角前，伊克西翁抹了抹臉，放鬆自己的表情，凶猛動盪的氣息也徹底收斂。現在他要去見的女子就像蒲公英的種子，就算是微風也能輕易將她吹走。所以，伊克西翁不能用這種會嚇到她的面貌，出現在她面前。

然而，伊克西翁的努力全白費了，他踏入的那間房內空無一人。

「啊，家主。」正在打掃的傭人告訴他希莉絲的行蹤，「希莉絲小姐剛才說要去庭院。」

「庭院？」他有些意外希莉絲去的不是後院。

伊克西翁走出房間，往庭院的方向前進，管家卻在這時快步走來。

「家主，帕爾韋農家的客人來訪。」

不請自來的訪客讓伊克西翁微微皺眉。他回過頭，見到了那名在其他傭人的引導下走來的男人。

「很抱歉這麼突然來拜訪您，貝勒傑特家主。」

男人帶著燦爛的微笑走上前，向伊克西翁打招呼。但是看向伊克西翁時，克里斯蒂安俊美臉龐上的那雙紅眸毫無笑意。

「你有什麼事？」伊克西翁語氣不耐煩地問道。

不過一小時前，四大家族的重要人物才齊聚開會，引起軒然大波。克里斯蒂安大概是在散會之後，立刻追在伊克西翁身後趕來貝勒傑特家。

克里斯蒂安點頭回應，「關於這次的事件，我有話想單獨和你談談。如果可以，想耽誤你一些時間。」

伊克西翁大概猜到他要說什麼，最終接受了談話請求。

「那麼，就去會客室吧。」

兩人正準備轉身，後方突然傳來一陣細微的動靜。伊克西翁和克里斯蒂安幾乎同時轉過頭，見到了坐在輪椅上的希莉絲。

她似乎離開了庭院，正要回到房間。伊克西翁張嘴想喊她，不過身旁的人卻搶先了一步。

「希莉絲小姐？」

不知道是不是錯覺，這人的語氣聽起來相當熟稔。伊克西翁的目光一轉，只見克里斯蒂安·帕爾韋農瞪大了雙眼，似乎很驚訝會在這時候見到希莉絲。

另一頭的希莉絲也被擾亂了心緒，沒想到會在這裡遇見克里斯蒂安。

「好久不見了，希莉絲小姐。」

克里斯蒂安率先回過神，一邊向希莉絲問好，一邊朝她走去。

伊克西翁看向希莉絲，想判斷是否需要阻止克里斯蒂安。仔細想想，克里斯蒂安·帕爾韋農在希莉絲決定留在貝勒傑特家之後，曾經多次來信要求登門拜訪。當然，因為當時希莉絲的身心狀態不佳，所以伊克西翁全部拒絕了。

而且，在伊諾亞登事件發生前，他隱約記得克里斯蒂安·帕爾韋農和希莉絲的繼妹——加百列·伊諾亞登訂下了婚約。或許正是因此，克里斯蒂安對待希莉絲的態度才會比想像中更加親密，讓伊克西翁猜想他可能和希莉絲交情不錯。如果真的是這樣，也許沒有必要阻止克里斯蒂安．帕爾韋農接近希莉絲。

「聽說妳住在貝勒傑特宅邸之後，我本來想馬上來拜訪，結果拖到現在才得以問候妳。」

希莉絲看著來到面前的克里斯蒂安。她有好長一段時間沒見過克里斯蒂安了，因為從第二世之後，希莉絲就盡量避免遇到對方。

「希莉絲。」

突然間，很久以前聽到的低沉呢喃，如塵屑般縈繞在她的耳邊。

「雖然我早就知道了，不過妳真的很令人失望呢。」

希莉絲握著輪椅扶手的力道不自覺加大，雖然很想轉身逃跑，她的目光卻無法從那張臉上移開。混亂的情感充斥她的雙眼，發現這點的伊克西翁僵住了。

「希莉絲小姐……妳在貝勒傑特家的生活還好嗎？」

因為知道伊諾亞登家發生的事，克里斯蒂安的態度非常謹慎。希莉絲默默望著他擔憂的神情。

時隔這麼久再次面對克里斯蒂安，讓希莉絲的內心一陣翻騰。然而，她發現那不是因為自己曾經深愛過眼前的男人。他曾經占據的那個位置已經空了，不知不覺間只剩下不明顯的痕跡。說不定是因為無法與後來遭到更大、更重的斧頭砍傷的深痕比擬，他製造出的傷疤已然被覆蓋過去。

難怪有點……覺得自己像個傻瓜。對於自己以外的人，那已經變成不曾發生的事，是一段被抹去的時間，殘存的傷痕只剩希莉絲還在獨自反覆咀嚼。

「如果有什麼不方便的地方，妳可以搬來帕爾韋農家。當然，我不會強求妳，只是想告訴妳，我們帕爾韋農隨時都歡迎希莉絲小姐。」

克里斯蒂安凝視著希莉絲的雙眼，低語的聲音親切又溫和，但他眼中的情感果然不是愛情。甚至連當初向她求愛時的積極，也沒有在他身上表現出來。

可笑的是，如今克里斯蒂安・帕爾韋農的眼中，竟然有一絲微弱的憐憫。見狀，希莉絲乾澀的唇瓣微啟。

「不需要。」

也許是她的回答出乎意料，克里斯蒂安頓了頓。那雙紅眸中閃爍著與先前略有不同的光，目不轉睛地望著希莉絲。

「你給予的東西，不管是什麼，我都不需要。」

那一刻，希莉絲感到一股陌生的解脫。不過是說出一句話，而且只是從至今仍然一片混亂的舊情中，拉出其中一縷剪掉而已。

與此相反，克里斯蒂安則無法理解希莉絲對他的排斥。但他沒有多想，將這歸於剛經歷重大創傷的人在情緒上有些敏感，於是認真地向希莉絲道歉。

「對不起，希莉絲小姐。看來是我讓妳不自在了。」

從剛才就密切注意著希莉絲的伊克西翁，看到她表現出的明顯排斥，終於毫不猶豫上前干預。

「克里斯蒂安．帕爾韋農，你先跟著管家去會客室吧。」他對克里斯蒂安冷冷說道，親自推著希莉絲的輪椅調轉方向。「我稍後就過去。」

克里斯蒂安皺起眉頭，看著那兩人先行離去。一陣來路不明的微妙不悅襲上心頭，讓他自己也大為不解。

希莉絲把剛才和傭人一起到庭院摘的花放在膝上，輕輕撫摸著。

她一直認為，如果再次見到克里斯蒂安．帕爾韋農，自己就又會重新陷入過往的可怕回憶。因為不想再次踏入那片無邊無際的黑暗，希莉絲害怕與他見面。

不過出乎意料的是，實際見面後，希莉絲發現自己比想像中還要平靜。這樣看來，總有一天，她或許便不會再想抓爛留在手臂上的傷疤，也不會再感到噁心，將吃下肚的東西全吐出來。

這一切顯然是多虧了那些讓她可以在這裡安心休息的人。伊克西翁在第一次送她金盞花之後，經常會拿各式各樣的花來送她。有時候，希莉絲看著傭人插在花瓶裡的那些花，心頭會湧上一種難以描述的情緒。

對希莉絲來說，伊克西翁和維奧麗塔是無法分開看待的兩個人。只要想到伊克西翁，就會緊接著想起維奧麗塔；如果想到維奧麗塔，就會自然而然想起伊克西翁。每當這個時候，她那些連自己都無法清楚描述的心緒，也會跟著在心中沙沙作響。

總之，因為這種難言的感受，今天希莉絲看著花瓶中的花，心頭突然浮現那兩人最近看起來有些黯然的神情。希莉絲想送花給他們。

當然，貝勒傑特的庭院不屬於她，不過希莉絲也沒有其他可以送的東西。所以，她剛才會去庭院也是為了這件事。

「如果見了面……一定要再次好好道謝。」

然而，等待已久的維奧麗塔並沒有在那天來訪。於是待到入夜，希莉絲在來到貝勒傑特家後第一次向伊克西翁提出了請求，請他有空的話抽出一點時間來見她一面。

「怎麼回事？這還是妳第一次像這樣主動找我。」

因為伊克西翁是個大忙人，希莉絲還以為最快也要明天才能見到他，不過在她提出想見面之後還不到一個小時，他就來到了希莉絲的房間。

「啊……因為我有話想對你說。」

因此，希莉絲在還沒做好心理準備之下就見到了伊克西翁。有事想找伊克西翁的人分明是希莉絲，但是在見到他之後卻又難以啟齒。

伊克西翁垂眸看著希莉絲躊躇猶豫的神情，率先開了口。

「克里斯蒂安．帕爾韋農今天會來貝勒傑特家……」

聽見他的聲音，希莉絲向上望去。

「是因為我們正在研議如何處理最近發生的那些狀況，而有些事項他需要找我單獨討論。」伊克西翁直視著那雙金眸，繼續說道。「他是因公來訪，我們沒有談論其他私事，他只有在離開前向我打聽妳在這裡是否過得好。」

聽到希莉絲想見自己，伊克西翁腦中浮現的便是白天登門過的克里斯蒂安．帕爾韋農。想起希莉絲看著克里斯蒂安的眼神，伊克西翁確信那兩人之間肯定發生過什麼他不知道的事。

難道，希莉絲是想打聽克里斯蒂安．帕爾韋農的事情，才會請求見自己一面？看到希莉絲不敢輕易開口，一副猶豫不決的態度，伊克西翁覺得這個猜刻可能沒錯。

於是他帶著莫名低落的心情，向希莉絲說明了白天的事。然而，他馬上發現希莉絲的表情和他預料的不同，所以又停了下來。

「妳找我來不是想問這件事嗎？」

「不是。」這次希莉絲毫不猶豫地開口回答。

這是她至今為止，面對伊克西翁時最為堅決的語氣。

「……不是的。」

當然，她依然無法長時間與伊克西翁對視，最後還是低下了頭。

接著，希莉絲又輕聲問道：「審判的日期……是什麼時候？」

伊克西翁默默凝視著她，然後回答。

「因為日期延後了，所以會在這個月的最後一天。」

他們在談論的正是狄雅各·伊諾亞登的審判日。

「我也要去。」希莉絲表達她想親自出席的意願。

伊克西翁似乎想說些什麼，但隨即又閉上嘴。在凝視希莉絲好一段時間後，他點頭表示會尊重她的意願。

「好，那我就對此進行準備。」

不過，希莉絲似乎還有其他事情。伊克西翁可以感受到，她微微流露出和一開始相同的猶豫。但他並未出聲催促，而是靜靜站在原地，直到希莉絲再次開口。

「我……剛才在庭院裡摘了花。」

就像她說的一樣，希莉絲的膝上放著一朵從庭院帶回來的花，正輕輕地撫摸著。

「雖然傭人說沒關係，不過我還是該事先得到許可才對。」

感覺到希莉絲又想道歉，伊克西翁連忙對她說：「如果妳喜歡庭院裡的花，可以全都摘下來。」

聞言，希莉絲抬起頭。兩人的視線再次交織，就在那個瞬間……

雖然沒有人直接說出口，但是藉由彼此對視的雙眼，希莉絲和伊克西翁都知道對方也感受到了現在這種感覺。說不定只是錯覺，但兩人在那瞬間共通的情感分明是……

希莉絲放在膝上的手緩緩動了。

「……這是我找到的花之中，最漂亮的一朵。」

希莉絲遞給伊克西翁的，是她不停用猶豫的雙手來回輕撫的那朵花。

伊克西翁微微瞪大了雙眼。

其實，就禮物而言，這只是一朵微不足道的花。可是，希莉絲一心想向伊克西翁表達謝意，等之後見到維奧麗塔，她也同樣會這麼做。

如果伊克西翁是因為無法當面拒絕希莉絲的誠意才收下這朵花，其實心底覺得很礙事的話，也可以在離開這個房間後，沒有任何負擔地將其丟棄。

更別說，希莉絲偷偷在那朵花上賦予的比感謝稍微更進一步的其他感情，也像花朵本身一樣不重要。所以希莉絲在她摘來的花束中，只挑了一朵送給伊克西翁。

「這是要給我的嗎？」

但是伊克西翁就像對待無比珍貴的禮物般收下那朵鮮花，接著又露出之前在後院中那種溫暖的笑容，讓希莉絲的心一陣酥麻。

「謝謝，我很高興。」

希莉絲不知為何喉嚨發緊，最後一句話也說不出來。

「希莉絲。」

幾天後，希莉絲等待已久的維奧麗塔總算上門拜訪。

「我今天有些話一定要告訴妳，所以就過來了。」

不知道為什麼，她的神情是前所未有的僵硬。希莉絲不明所以地看著維奧麗塔，對方則像是要平復心情般不斷深呼吸。

「是關於妳為什麼會在伊諾亞登家經歷那種事。」維奧麗塔板著臉這麼說道。

希莉絲的臉上漸漸褪去血色，而維奧麗塔開始向她解釋。

一年前出現的馬格·卡利基亞、那孩子的眼淚和血、祕密展開的實驗、日漸複雜的卡利基亞家內鬥、因為維奧麗塔失明而控制住馬格的卡利基亞長老會和維奧麗塔的堂哥

——泰爾佐，以及他們與伊諾亞登家的交易。

「我……在這一切發生的過程中，什麼事都做不了。身為卡利基亞家的一員，我必須對成為此次事件犧牲者的妳由衷表達歉意。」

維奧麗塔說，她對自己的無能為力和本來應該擔負起的責任感到痛心。

「雖然妳向我道謝……但其實我們當初在貝勒傑特家的幫助下調查伊諾亞登家，並不是為了妳。其實我……早在一年前就把妳忘得一乾二淨了。」

每當維奧麗塔說出一句真相，她的表情就像吞下了一根針。

「在這個過程中，我只是偶然發現被監禁在伊諾亞登家的妳。至於想起一年前的事情，則是在那之後了。」

希莉絲看著眼前的維奧麗塔，總算恍然大悟。

「所以我沒有資格接受妳的感謝。」

啊，結果還是因為內疚。她們第一次在這裡見面時，維奧麗塔其實就說過了。

責任感、歉疚感、罪惡感。所以，維奧麗塔才會像那樣……每次來探望的時候，她的臉色都很黯然。所以，她每次來貝勒傑特宅邸看自己，也只是因為抱歉？因為她是卡利基亞家內部問題的犧牲者？只有自己快點康復，才能減輕她的罪惡感？

歉意……是啊，是因為感到抱歉。維奧麗塔說，希莉絲之所以會變成這樣，全是卡利基亞家的錯。所以才會對她有責任感……希莉絲緊緊咬住顫抖的雙唇。她不知道對於這些話應該感到憤怒還是悲傷。

希莉絲還以為也許……她們可以做朋友。但事實上，她得到的這些善意，只不過是支付給受害者的補償。

那天看到的克里斯蒂安．帕爾韋農的表情，突然掠過希莉絲腦中。沒錯……仔細想想，就連那個無情的男人也對她感到憐憫。

所以當然是出自同情，那是理所當然的。伊克西翁．貝勒傑特應該也是因為這樣……才會送花給希莉絲吧？就像維奧麗塔每次來探望她時，她的神情都滿含同情，像是見到某種無法形容的可憐生物。

灰心和微弱的悲悽有如雨水，從心中的一角開始滲透。這時希莉才意識到，自己又差點做了傻事。

接著，一股安心的感覺襲來。

啊……真是萬幸。幸好她在自己的心對那個人產生依賴之前、在對那個人產生其他情感之前……意識到了自己的不堪。

「……常常……」片刻後，希莉絲總算撐開沉重的雙唇，對維奧麗塔說道，「來探望我，真的很謝謝妳。」

這是希莉絲暗自決心，等見到維奧麗塔後，在送出花時想對她說的話。

「我想要……」

不是在庭院摘花時感受到的那股羞澀的難為情，而是對再次隨便產生誤會的愚蠢自己，感覺到類似羞恥的那種難為情。

「……想要和妳成為朋友。」

不過，她並不想埋怨維奧麗塔，反而流下了淚水，自己也不知道是為什麼而哭。

「不用覺得對不起我，妳沒有做錯什麼。而且不論如何，我還是得到了妳的幫助。」

因此，希莉絲第一次無比慶幸現在維奧麗塔看不見她。

「謝謝妳，維奧麗塔。」

「妳又來後院了。」

日落時分，知道希莉絲離開房間後，伊克西翁也找了過來。

「要是衣服再穿暖和一點就好了。」

希莉絲不知道在想些什麼的安靜視線，停留在一步步靠近的伊克西翁身上。

「沒關係，我很快就要回房間了。」

這次希莉絲也避開了他的視線。雖然她一直以來都是這樣的反應，但好像有了某種本質上的不同。伊克西翁隱約感覺到他們之間變得比以前更加遙遠，敏銳地察覺到希莉絲的細微變化。而這種改變就發生在幾天前維奧麗塔來過之後。

「昨天妳也那麼說，結果過了很久才回去。」

接著，一股暖意落在希莉絲身上，那是伊克西翁脫下來蓋在她身上的外套。雖然並非直接接觸，但是沁入全身的他人體溫讓希莉絲全身僵硬起來。

希莉絲摸索著想將外套還給他，卻反而握上伊克西翁的手。瞬間，兩人都嚇了一跳。她原以為伊克西翁會馬上抽手，沒想到他卻反手覆住希莉絲的手背。

希莉絲彷彿被火燙到，不禁渾身一震。

「妳的手根本像冰塊一樣。」伊克西翁如此低語著，隨即皺起眉頭。

與大為動搖的希莉絲不同，伊克西翁似乎認為這種舉動再普通不過，看起來毫不在意。

「我……」因此，希莉絲不由自主地脫口道。「我不想被你同情。」

話說出口的瞬間，她便暗叫一聲糟。伊克西翁抬起目光，再次與希莉絲對視。面對那雙深邃藍眸，她壓在心底的話不知為何又失控地流瀉而出。

「在你看來，我可能很可憐……」

乾燥的雙唇開始顫抖。她為什麼會說出這樣的話？這個人又沒做錯什麼。

「我從來不曾覺得妳可憐。」

這句話有如烙印落在耳邊，讓希莉絲再也說不出話來。

「也不曾同情妳。」

伊克西翁單膝跪地，在希莉絲面前放低身段。看著這樣的他，一股難以描述的情感充斥希莉絲的胸口。

「我只是……」

更加靠近的凝視，讓希莉絲的手反射性一顫，覆住她手背的力道也隨之加大。

「希望妳別再哭泣。」

低沉的聲音敲打在希莉絲的心上。

「還有，只是想看到妳的笑容而已。」

「我……」

朦朧的月光灑下，凝聚在花團錦簇的後院之中。

或許是因為空氣太過沉重……希莉絲總覺得耳邊傳來的陣陣低語，讓她越來越喘不過氣來。

「只在妳身上感受過這種情感。」

伊克西翁直視著希莉絲的雙眼，彷彿想觸及她的內心深處。這次希莉絲沒有移開視線，兩人的目光就這樣緊緊交織。

伊克西翁沒有定義他感受到的情感是什麼。那份情感並沒有簡單到可以用一句話來蓋括，而且他也不該急著更進一步，現在的希莉絲還沒準備好。

伊克西翁不想催促才剛靠著自己的意志重新一步步向前邁進的她。此時的希莉絲最需要的是治療化膿的傷口，而他只想要好好照顧這樣的她。

因此，如果現在被衝動驅使，將這種不成熟的情感強加在希莉絲身上，對她來說可能只等於另一種壓力或逼迫。

因此，伊克西翁想守在希莉絲身邊，靜靜等待。在她需要的時候，便可以隨時拉她一把。伊克西翁希望這種心情可以傳達給眼前的人，而這份心意也觸動了希莉絲的內心。

「所以妳不要再繼續退縮了。」

伊克西翁小心翼翼捧起希莉絲被他握在掌中的手，然後輕輕烙下一吻。

「求妳。」

夜露般的月光在視野中朦朧散開，淡淡的花香從鼻腔滲入，細小的草蟲鳴叫流入耳中。在恍惚如夢的天地間，只有眼前這個男人清晰可見。

在那一刻，時間彷彿停止了。希莉絲一句話也說不出來，只能無聲看著親吻自己手背的伊克西翁……最後，她緩緩移動指尖，輕輕握住與自己交握的那隻手。

那是如同羽毛般微小的力量，也是當時希莉絲僅有的全部勇氣。伊克西翁似乎察覺到這一點，於是用力握緊她的手。那分明是……這一世中最美好的夜晚。

就算轉瞬即逝，那卻是希莉絲第一次，也是最後一次得以忘卻所有不安，於是更加深刻難忘。那一夜就是那麼燦爛的夜晚。

「那孩子，不要去比較好吧？」

幾天後，伊克西翁去見了芝諾。房間內瀰漫著濃濃的藥草菸味，芝諾看著伊克西翁，緩緩將煙管放入口中。

「審判結果不會多好看。你應該也多少預想到了吧？」

伊克西翁站在窗前，俯視著那樣的芝諾。深陷座椅的芝諾不知為何，看起來有些疲倦。根據負責監視她的施萊曼報告，自從上次的事件後，她便一直待在家裡，所以應該不是做了其他的事才如此疲憊不堪。

也是。每次見到芝諾，不論何時何地她都在不停抽菸，傭人們也說她經常不按時吃飯，而且還有失眠的症狀。芝諾也是血肉之軀，像她這樣任性生活，身體狀態會惡化也是理所當然。

「聽說狄雅各．伊諾亞登聲稱自己被卡利基亞家騙了。」

伊克西翁看著不到半年便明顯瘦削的芝諾，而後將視線轉向窗外。

「他說不知道那是卡利基亞之血，反而控訴卡利基亞家，不僅害伊諾亞登家的名譽毀於一旦，還差點讓他的女兒成為怪物，所以要求他們對此負責。」

芝諾聊著即將舉行的伊諾亞登審判。當然，這些都是伊克西翁已經知道的內容。

「她親眼看到自己父親的那副德性，真的撐得住？」

芝諾想起了上次在貝勒傑特宅邸驚鴻一瞥的希莉絲，那是個彷彿就要在陽光下粉碎成塵土的女孩。

「其實，家族的內部事務，目前還是以各家自行決斷為原則。所以對於要決定如何懲處那傢伙，其他家族可不會積極到哪去。」

貝勒傑特宅邸內的事時不時會傳進芝諾耳中，所以她也知道伊克西翁有多在意希莉絲・伊諾亞登。

「而且，問題就出在會有越來越多人覺得狄雅各・伊諾亞登的說詞很合理。以常理來看，明知道卡利基亞之血會產生什麼副作用，卻還是使用在自己女兒身上，說出去也不會有人信。」

芝諾原先還以為伊克西翁是可憐希莉絲，才會盡可能對她好，結果竟然不是。那麼，伊克西翁肯定會更在意這次的審判。

「只是時間問題，狄雅各．伊諾亞登最後很可能會被釋放。」

既然如此，還是面對現實比較好。

「雖然這麼說聽起來殘忍，但是在外人看來，他犯的錯只是在決定伊諾亞登下任繼承者的過程中，為了把力量轉移到兒子身上，不小心讓女兒受了些傷害而已。」

芝諾的話雖然刺耳，但她只是根據目前的情況進行推測。伊克西翁真正憤怒的對象也不是眼前的芝諾，所以他沒有遷怒，只是冷冷低語。

「我不會讓那種事發生。」

「你有什麼辦法？不要覺得自己無所不能。」

「看您知道這麼多細節，母親似乎比想像中更關心這件事。」

這句話像是有弦外之音，芝諾瞥了一眼站在窗邊的伊克西翁。

「即使我退居幕後，也沒有加入長老會，可不代表我就聾了。」但她一副沒聽出來的模樣笑嘆道，隨即又補充，「更重要的是，現在四大家族最關心的明顯不是伊諾亞登家。他們肯定更在意與存續危機直接相關的問題。」

伊克西翁終於忍不住嗤笑出聲。

「聽到母親說這種話還真是可笑。」

他的目光從窗外的落日移向芝諾，眼眸閃爍著冰冷的光芒。

「這次打破那危險平衡的最大功臣就是您。」

芝諾靜靜看著兒子，看不出她在想什麼，只是將身體沉進沙發。

「沒錯，所以我知道你在生我的氣。」

芝諾也承認伊克西翁的憤怒合情合理。因為她這次在大廣場的行動，讓原本就相當緊張的外界氣氛變得更加緊繃。

「不過，那算是我的正當防衛。」

「在人潮聚集的廣場上進行這種單方面的大規模屠殺，通常不能叫做正當防衛。」

「他們都先攻擊了，所以是要我乖乖挨打嗎？」

「母親殺的都是普通人，他們並不想變異成那樣。」冰冷的嗓音繼續說道，「只是請您在外面使用異能時稍微注意一下，這有那麼難嗎？」

但芝諾勾起嘴角，冷笑著反駁。

「這個嘛……我有必要去體諒那些蟲子嗎？」

伊克西翁打斷芝諾，語氣冰冷得近乎無情。

「我已經看膩那些人用這種邏輯包庇母親的不正常行為了，請您適可而止吧。」

兩人之間的空氣繃緊，窗外滲入的晚霞在他們臉上增添一抹濃重陰影。伊克西翁冷視著芝諾，沉默片刻後才率先開口，嗓音十分低沉。

「不要將父親的死洩憤在其他地方。」

芝諾臉上的表情瞬間消失。她就這樣盯著伊克西翁，然後撇開視線看向窗外，彷彿剛才什麼都沒聽見。良久，低啞的嗓音才在寂靜的室內響起。

「我最清楚自己沒有那種資格。」

伊克西翁莫名有種感覺，這句話彷彿乘載著他無法理解的重量。他想對這樣的母親說些什麼，最終還是選擇了沉默。

即使在那些涉及卡利基亞寶玉實驗而被拘禁的人之中，無人供出芝諾的名字，伊克西翁也沒有完全相信她的無辜。

可是，只要一想到被波及而死的父親……伊克西翁便覺得自己不該再懷疑芝諾，如此對她步步緊逼。

「那麼，我先告辭了。」伊克西翁的語氣無法控制地和緩下來，「……雖然是藥草菸，但也要適可而止。現在可沒有人在旁邊阻止您多抽了。」

語畢，伊克西翁便離開了芝諾的家。

獨自留在房中的芝諾，臉上映著火紅的光影。她靜靜看著窗外夕陽西下的景致，模糊地想著。

雖然不是故意的，不過我最終還是妨礙了那孩子談戀愛嗎……？

如果是那樣的話，還真是對他有些抱歉。

那麼，要幫他一把嗎？

日落的天空被染成濃厚的血色，讓人感到十分不祥。

隨著時間飛逝，狄雅各・伊諾亞登的審判日到了。

希莉絲與伊克西翁及其他貝勒傑特族人一起前往王宮。距離審判還有一點時間，於是他們走進事先準備好的其中一間等候室。

「如果中途想離開，可以隨時告訴我。」

在等候室裡，伊克西翁看著坐在輪椅上出神的希莉絲，主動對她開口。希莉絲朝他點點頭，知道對方在擔心什麼。事實上，隨著時間逼近，希莉絲也越來越口乾舌燥。緊緊交握著放在膝上的雙手間，能感覺到冷汗的濕意。

想到會再次見到狄雅各・伊諾亞，希莉絲就必須鼓起超乎想像的勇氣。然而，如果今天逃避了這個場合，未來就必須永遠逃避下去。因此，希莉絲下定了決心。

「外面好安靜。」

聽說其他家族的人也會參加審判，但不知道是不是還沒有人到場，四周一片寂靜。

但即便真是如此，這樣的安靜也莫名讓人感到不對勁。不過，有這種感覺的也許只有希莉絲，她聽見伊克西翁平靜地回應。

「因為變異者，今天只有極少數的人來參加審判。」

聽見陌生的詞語，希莉絲的目光移到伊克西翁身上。隨後她才意會過來，輕輕驚呼一聲。

「這麼說來，妳還沒聽說嗎？雖然這並不是必須現在告訴妳的事……」

伊克西翁似乎在考慮該從哪裡開始說明，暫時沉默下來。

此時，只聽一陣突兀的嗡鳴響起。

「……！」

不遠處突然傳來一陣力量爆發的波動。下個瞬間，伊克西翁的面前出現了黑色漩渦。從漩渦中出現的是伊克西翁派去跟著施萊曼的另外一名手下。

「家主，施萊曼……」

希莉絲看到那個男人緊緊壓住正汩汩流出鮮血的腹部，不禁倒抽一口氣。

「施萊曼失控了……！」

伊克西翁的表情瞬間變得冰冷。

「你們守在這裡！」

他向其他貝勒傑特族人下達命令後，立即朝感覺到異能波動的地方移動。前來報告施萊曼狀況的手下原本也想跟上，不過最終還是一個踉蹌摔倒在地。一些人急忙跑向他，也有人去叫醫師。為了預防突發狀況，還有些人跑出等候室，打算暫時將門封鎖起來。

雖然不知道具體發生了什麼事，但情況顯然很嚴重，希莉絲嚥了口唾沫。

嗡嗡！

然而沒過多久，又出現了一股朝他們靠近的巨大力量波動。在那個瞬間，希莉絲比在場的其他貝勒傑特族人更早意識到來者究竟是何人。

颼颼颼！

眼前出現異能漩渦的同時，希莉絲的輪椅也晃動起來。希莉絲下意識往後退，臉色一片慘白。

下一刻，從花瓣風暴中出現的果然是狄雅各．伊諾亞登。平常高不可攀的形象已不復見，如整個人相當狼狽，身形也比先前瘦弱許多，眼下甚至還有濃濃陰影。即使如此，依然能認出此人正是狄雅各。

「怎麼可能……！」

「他是怎麼逃出監獄的？」

所有人都不敢置信，而那雙令人毛骨悚然的金眸瞪向希莉絲。

「希、希莉絲……」

陰森嗓音鑽入耳中的瞬間，希莉絲全身都起了雞皮疙瘩。受伊克西翁之命保護希莉絲的眾人一邊警戒，一邊將她圍在中心。然而，下一秒卻異變突起。

轟隆轟隆……！

出現在等候室的狄雅各，毫無預警地開始胡亂發射異能。

「什麼？他瘋了嗎……！」

「阻止他！」

腥紅血液不斷飛濺。在過去，狄雅各的異能從來不曾如此強大。可是不知為何，此刻的他就算面對這麼多人，卻依然占據壓倒性優勢。

希莉絲呆呆看著眼前的景象。

慘叫和呼喊在耳邊此起彼落。一切都在轉瞬之間發生，希莉絲根本不知道現在是怎麼回事，被異能和異能碰撞造成的衝擊與光影擾亂了感官。

結果，沒有花太長的時間，希莉絲身邊的人便紛紛倒下，眼前只剩下狄雅各。全身是血的他踏著蹣跚的步伐走向希莉絲，那雙閃爍詭異光芒的眼中滿是瘋狂。

砰！

希莉絲不知道自己是為了逃離狄雅各而失去平衡摔倒，還是朝她撲來的狄雅各從輪椅上抓起她往地上一扔，也可能兩者皆是……不管是什麼原因，希莉絲已經從輪椅上摔落，在地上滾了幾圈。

「唔呃……！」

下一刻，一隻強而有力的手毫不猶豫地扣住她的脖頸。希莉絲下意識使出異能，但她的力量本來就不及狄雅各，更何況她因為卡利基亞之血，身上的異能所剩無幾。希莉絲憑藉本能使出的力量，就像微弱的燭火般搖曳，最後一閃而逝。

「全都要怪妳，這一切……」猛然撲向希莉絲的狄雅各，像個瘋子般自言自語著，「都被妳搞砸了！我、里嘉圖……還有整個伊諾亞登，全都是因為妳……」

狄雅各掐緊她的脖子，他的面容映在希莉絲模糊的視野中。狄雅各對希莉絲而言一直是個無情的父親，幾次導致了她的死亡。但是這次不太一樣。

這次……他是帶著真心的殺意，想親手殺了她。

「希莉絲……！」

砰咚……！

就在那個瞬間，一股巨大的力量宛如風暴襲向狄雅各。希莉絲模糊不清的視野再次布滿腥紅鮮血，壓在身上的重量隨即消失，掐住她的手也鬆開了。

那個出聲呼喚她的人急奔過來，動作慌亂地觸碰著她倒在地上的身體。

四周瞬間吵雜起來。希莉絲被窒息的痛苦吞噬，只能大口大口拼命抽氣。狄雅各的手已經鬆開，但希莉絲依然喘不過氣。奪眶而出的淚水浸濕她的臉龐，在地面留下斑斑痕跡。

「為什麼……為什麼？」

此時此刻，只有毫無意義的問題縈繞在心頭。她不期望狄雅各會懺悔過去的所作所為，卻從未想過他會想殺了她。

「怎麼可以……那個人怎麼可以做到這種地步？到底為什麼……為什麼要對我這麼……？」

將希莉絲折磨成這樣還不夠，就連她好不容易拾起四散的碎片，一片片重新拼湊起來的自己，都瞬間被他摧毀。

希莉絲只感覺有人抱起她癱軟無力的身體，緊緊抱在懷中，接著便徹底失去了意識。

——《無法親近的千金03》完

SU013

無法親近的千金 03

접 근 불 가　레 이 디

作　　者　Kin
譯　　者　莊曼淳
封面設計　allelopathy.
封面繪者　후 배
責任編輯　林雨欣

發　　行　深空出版
出 版 者　星巡文化有限公司
地　　址　臺北市中正區重慶南路一段 57號 7樓之 5
法律顧問　泓準法律事務所 孫瀅晴律師
電　　話　(02)7709-6893
傳　　真　(02)7736-2136
電子信箱　service@starwatcher.com.tw
官網網址　www.starwatcher.com.tw
初版日期　2024年 10月

總 經 銷　聯合發行股份有限公司
地　　址　新北市新店區寶橋路 235巷 6弄 6號 2樓
電　　話　(02)2917-8022

접근 불가 레이디
Copyright ⓒ 2019 by Kin
Complex Chinese Translation Copyright ⓒ 2024 by STARWATCHER PUBLISHING Ltd.
This translation is published by arrangement with Kakao Entertainment Corp. through SilkRoad Agency, Seoul, Korea.
All rights reserved.

國家圖書館出版品預行編目 (CIP) 資料

無法親近的千金 / Kin 著 .
-- 初版 . -- 臺北市 :
星巡文化有限公司出版 : 深空出版發行 , 2024.10
冊 ;　公分
ISBN 978-626-74124-2-8(第 3 冊 : 平裝). --
862.57　113013880

◎凡本著作任何圖片、文字及其他內容，未經本公司同意授權者，均不得擅自重製、仿製或以其他方法加以侵害，如經查獲，必定追究到底，絕不寬貸。
◎版權所有 ・ 翻印必究◎
◎本書如有破損、缺頁、裝訂錯誤請寄回更換